水と礫《みずとれき》

藤原無雨

FUJIWARA MU
MIZU TO REKI

河出書房新社

水と礫

I

第一に、それは乾いた土地でなければならなかった。

何故かというと天気が崩《くず》れると頭痛がするからで、そうなると体調のことばかりに気が向いて、外へ外へと開くべき神経が遮断《しゃだん》されてしまうことになる。

それらはクザーノとは直接関係のないことだけれど、ともかく彼は、クザーノだ。クザーノは自分の部屋の窓を開いた。真っ白に乾ききった木の窓枠に、蝶番《ちょうつがい》は熱い鉄板だ。一匹の虻《あぶ》が飛んできて、窓ガラスにぶつかった。

かん、かん。

と二度頭をぶつけて、また飛び去っていった。窓の落とす影は垂直に、庭先の真っ赤なカンナを断ち切っている。母が大切に育てているものだ。もう真昼だった。寝室までベーコンの匂いが届いていていた。

今日は休日だから父もいる。ウェイトレスのシフトは午後からだから、妹もいた。母のパートも休みの日だ。家族全員揃《そろ》っての昼食は久しぶりだった。ダイニングに行くと、父ひとりが席についていていて、パイプの灰をピックで灰皿に落としている。妹は洗面所でヘアアイロンを使って巻き髪を作っている。母はできたての料理を皿に分けて運んできた。髪いじるの、その辺にしておきなさい。大丈夫すぐ行くから、もうすぐ髪できるから。クザーノは母と入れ違いにダイニングから食器棚で隔《へだ》てられているキッチンに行き、大きなコップに水を二杯飲んだ。水ならいくらでも飲めた。

食事が始まると、クザーノは油の垂れた厚いベーコンに齧《かじ》りついた。夜はずっと起きているのだけれど、夜食をとる習慣はなかった。そうして昼まで寝ているから、腹が減らないはずはない。そろそろ次のことを考えんとな。父が言った。クザーノのことだ。

クザーノは去年まで東京でドブ浚《さら》いの仕事をしていた。仕事はきつかったけれど、鼠《ねずみ》の糞便《ふんべん》にまみれて、仕事仲間と煙草を喫《す》っている時間は結構幸福だった。しかし仕事中、泥を攪拌《かくはん》する機械の中にあやまってシャベルを放り込んでしまい、機械を壊してしまった。それどころか、その壊れた機械の破片が同僚の肩に突き刺さってしまい、彼は一生腕が動かせなくなった。機械の稼働中にいてはいけない場所に同僚が坐り込んでいたのが直接の原因ということで、業過致傷にはならなかったけれど、クザーノは職場にいられなくなり、故郷に帰ってきた。そうして、熱く乾き切った懐かしい空気を鼻から胸いっぱいに吸い込んだのだった。

ともあれ、次のこと。この小さな町では、どこへ行ってもクザーノには東京からの出戻りという印象がこびりついている。次へ、次へ。東京に行く前に働いていた金物屋でまたお世話になろうかとも思ったけれど、今はどこから現われたのか分からない日焼けした立派な青年が後釜《あとがま》を務めているのを見かけた。あるときはどこででも働けるような気がしたし、またあるときはどこででも駄目なような気がするのだった。昼食のときはどこへ行っても駄目な気がしていたので、そうだよな、とひとこと答えただけで、もくもくと堅いパンを囓って、玉ねぎのスープで柔らかくしていた。

東京で仕事をしていたのが三年間だから、その一年前、更に仕事を辞めてから一年経つから五年前ということになるか。クザーノは昼食を終えてから部屋に戻り、また窓を開けて、一本一八〇円の安い葉巻をふかしていた。そうだ、五年前だ。クザーノは窓の外に広がる砂漠を眺めた。浅い色をした平地には堅い灌木《かんぼく》や枯れ草がところどころに生えていて、芯《しん》まで乾ききったキャメル・ソーンの木が複雑な腕を開いて、何かの象徴みたいに立っている。景色を囲うように広がっている巨大な砂丘は鮮やかなオレンジ色で、どんな突飛な思考も受け止めてくれそうな、偉大な単純さを湛《たた》えていた。生まれたときからずっと見てきた風景で、そうして飽きるということのない風景だった。クザーノはほとんどの時間を、こうやって窓の外を眺めて過ごしていた。俺が二十一歳で、甲一《こういち》は俺のひとつ下だからちょうどはたちだった。甲一はクザーノの肩を叩いて、らくだ買ったった！　と叫んだ。花《はな》田《だ》のおっちゃんとこのいちばん元気なやつを買ったよ、歯が白くて長いやつだ。結構したけれど、今からやろうとしてることを考えたら大した額じゃない。俺は砂漠を越えようと思うんだ。東京へはバスと電車と新幹線を乗り継いで行けるけれど、砂漠を越える道はない。でも俺は確信がある。砂漠の向こうにも町があるんだ。俺はそこに行ってみたい。何をしにだよ？　そんなことは行ってみなきゃわからねえよ、なあ！　兄ィも良かったら一緒に来るか？　俺は遠慮しとくよ。そのときクザーノはそう答えたのだった。本気で行くだなんて思わなかった。らくだを買ったのも、ちょっとした商売でも始めるつもりだと思ってたんだ。ああ甲一、俺の大事な弟分……気づけば葉巻を喫うのをわすれていて、火が消えていた。

お兄。窓の外から妹に呼びかけられた。もうお仕着せに着替えている。ぼうっとしてちゃ駄目よ。いつまでもそうしていられるわけじゃないんだからね。んなことはわかってるよ、気をつけて行ってこいよ。巻き髪が跳ねた。我が妹ながら美人だ。若い美人がひとり家にいれば、どうとでも立ち行くものなのだろうと、クザーノは漠然と考えていた。妹の姿が見えなくなると、クザーノは葉巻の火を点け直した。しばらくぷかぷかやっていると、母が部屋をノックして入ってきた。お父さんはあんなふうに言ってるけれど、お前のペースでやればいいんだからね、無理だけはしちゃいけないよ。家族はみんな、クザーノが東京で何をしてきたのかを知っている。新聞の小さな欄《らん》にも載ったのだ。ありがとう。クザーノはこう答えるより仕方がなかった。冷蔵庫にりんごケーキがあるからね、好きなときに食べな。ありがとう、頂くよ。母は寝ている子供を起こさないようにするみたいに、そうっとドアを閉めた。

甲一はなんで砂漠の向こうを目指したんだろう。甲一を構成する水分は、この町が湛えている水分の割合とぴったり一致しているはずだ。ここで生まれて、ここで育ったんだから。これ以上乾きたいなんて思うものだろうか。クザーノは東京で水分をたっぷりと身体に沁み込ませてきた。乾いた故郷に帰ると、それがより酷く感じられた。プールから上がったときに、身体が重くなるのによく似ていた。クザーノは歩くたびにその重みを感じていた。毎日たっぷりと飲んでいる水とは、また別のところに蓄えられている水分だ。クザーノが渇き切って死んだとして、その死体を抱え上げられたら、干涸《ひか》らびた皮の中からチャプチャプと音がするに違いない。そういった水分だった。

町の友達に会う気には、なかなかなれなかった。どうしたって、しくじった奴だと思われる。甲一なら平気だったかもしれない。兄ィ、えらい目にあったんだってな、大丈夫だよ、俺がやってる商売があってさ……甲一。甲一となら大丈夫だったはずだ。東京になんか行くべきじゃなかった。甲一と一緒に、俺は砂漠を渡るべきだったんだ。あのオレンジ色を見ろよ。あそこに甲一の足跡がついたんだ。そこに俺の足跡がつくことを考えてみろよ。いつまで親父にグチグチ言われるつもりだ。妹に気を遣わせるつもりだ。母を怯《おび》えさせるつもりだ。なあ甲一。俺が悪かったよ。今からでも償《つぐな》いをさせてくれ。俺は肩を怪我させたコマダという男に、まだ一度も謝っていない。コマダがどこの病院に行ったのか、誰も教えてくれなかった。俺もしつこく聞かなかったんだ。そのうちに、俺が職場を去ることになった。甲一。俺はお前の後を追うよ。

クザーノは久しぶりに出かけて、トンボ屋という商店に入った。ロープとビニールシート、タライ、ガムテープ、あと大きなポリボトルを二十本買った。店長はもちろん顔見知りだったけれど、何も言われなかった。クザーノはそこから町のスクラップ置き場まで行って、壊れた大きな荷車を見つけると、大量に捨てられていた布団を積んで、町中を引きずって歩いた。そこから製材屋に顔を出して、木材を安く売ってもらった。バッカンからいらなくなったものもいくつか頂戴した。それで商売でも始める気か？　そんなとこですよ。そんなボロで始めんのかい。まあ、初期投資は安い方がいいやな。製材屋の社長は、今日初めてまともに話した相手だった。

荷車をガレージに置くと、布団を抱えて屋根に登り、一面に広げた。蚤《のみ》や南京虫を殺すためだ。花柄、黄ばんだ白、血のついたもの、屋根はたちまち布団でいっぱいになった。

屋根から降りると、タライに水を溜めて荷車のパンクを修理しようとした。けれどもチューブもタイヤも風化してボソボソになっていた。クザーノは自転車屋にひとっ走りすることになった。タイヤを嵌《は》めると、次は穴が空いてボロボロになった荷台に、色の新しい木材を打ち付ける。水の入ったボトルをたっぷり載せるのだし、クザーノの寝床にもなるのだから、うんと頑丈《がんじょう》でなければならない。妹が帰ってきた。お兄、なにやってんの？　ちょっと工作だよ。ふぅん。

布団は翌日になって全部下ろし、荷車に敷き詰めた。母は不安そうな顔でクザーノを見ていたが、何も言わなかった。父は努めて無関心を装っているようだった。妹はときどき声をかけてきた。工作、順調？　おう、順調だよ。

クザーノはまた出かけて、今度は食料品店に行った。干し肉、ドライフルーツは山のように、真空パックのハムはごちそうに少し、それにチーズ。レジ打ちの店員は同級生だったけれど、なにも言わなかった。けれどもきっと、この買い物は噂になるに違いない。いや、噂ならスクラップ置き場から荷車を引きずっていたときに、もうなっているはずだろう。商品からときどきチラチラとクザーノの顔を見上げるこの同級生は、子供の頃クザーノが好きだった女の子だった。けれども今は、懐かしい時代を思い起こすための可愛らしいスイッチに過ぎなかった。大きな目は変わらなかったけれど、好きだったツンと尖《とが》った鼻は、大人になって特徴がよりはっきりすると、両側のくぼみがあらわになって、少し尖りすぎているようにも見えた。もちろん不美人ではない、なんのことはない顔だった。

パンはパン屋であらかじめ予約していた、これもたっぷりと買った。それから最後に、花田のおっちゃんのところだ。荷車を引くらくだがいなければ話にならない。らくだ牧場の手前にあるスーパーハウスの扉をノックすると、オーバーオールを着て、口髭《ひげ》を生やした花田のおっちゃんが出てきた。あの、良いらくだが一頭欲しいんです。花田のおっちゃんはしばらくじっとクザーノの顔を見つめてから口を開いた。なんだ、甲一みたいな顔で来たな。あの甲一だよ。そんな顔して来たんだよ。何も後ろめたいことはないはずなのに、クザーノはどきりとした。鍵ぃ、取ってくるわ。花田のおっちゃんがスーパーハウスから出てくると、頭にベレー帽を被っていた。

おっちゃんはスーパーハウスに鍵をかけて、らくだ牧場の入り口の南京錠を開けた。らくだたちは、夕方の光を浴びながら、巨大な干し草の塊を咥《くわ》えて、振り回しながらほぐしていたり、坐り込んでのんびり反芻《はんすう》していたり、あちこち歩き回ったり、後ろ向きのペニスから放尿したりしていた。若くて元気な奴がいい。高いぞ。お金なら持ってきてる。それならいいんだけどな。花田のおっちゃんは腰の後ろに手を回し、ウェストポーチの上に拳を置いて、ゆっくりと歩いた。こいつだろうな、きっとこいつに決まる。そう言って、花田のおっちゃんは坐り込んでいる一頭のらくだの前に立った。アップ。花田のおっちゃんがそう言うと、らくだはまず前脚を立てて、ぐううんと起き上がった。花田のおっちゃんはウェストポーチから緑の錠剤のようなペレットを取り出すと、らくだに食べさせた。カサンドル、こいつはカサンドル。立派な雌らくだだろう。身体の大きならくだだった。花田のおっちゃんは隠すようにして、クザーノの手にペレットを握らせた。クザーノはそれを前に出して広げると、カサンドルは首を伸ばしてペレットを食べた。手のひらに柔らかいくちびるを感じた。こいつでいいか。いい、何も文句は無いよ。よし。花田のおっちゃんはカサンドルにバネの首輪をつけて、緑色の札にクザーノの名を書いた。

スーパーハウスに戻ると、黒いソファに坐ってお金の話をして、クザーノは現金でそれを支払った。荷車を牽《ひ》くための輓具《ばんぐ》や、長い旅に必要な山のような干し草も一緒に買った。いつ届ける? 明日の早朝、四時とかでも大丈夫です? ああ、問題ないよ。ふたりでインスタントコーヒーを飲みながら、しばしぼうっとしていた。煙草は喫うのか? 葉巻をやります。クソ生意気なガキだな。花田のおっちゃんはそう言って、煙草をクザーノに咥《くわ》えさせて、火を点けた。どうもです。花田のおっちゃんは自分の煙草にも火を点けて、ひと喫いすると、カサンドルをよ、死なすような真似はするなよ、大事に育ててきたんだ。わかってます、カサンドルが死ぬときは、きっと僕も死ぬときです。馬鹿か人間の命と秤にかけるようなもんじゃねえよ、そういう馬鹿を言うのが馬鹿なんだよ、この馬鹿野郎が。そうですね、馬鹿ですねえ、死なないようにします。商売やるって感じじゃねえもんなあ。花田のおっちゃんはため息のように深ぁく煙を吐いた。危なかったら帰って来いよ、そしたらカサンドルもまた買い戻すからよ、それ以上はお前、何も言えねえよ俺ぁよ。ありがとうございます。久しぶりに喫った煙草はなんだか紙みたいだった。帰り道、煙草屋に寄って、チューボ入りの一本五千円の長い葉巻を二本買った。

夕食を終えて部屋に戻ったクザーノは家族に向けて長い手紙を書いた。面倒に思えたことの作業は、あっという間に終わってしまった。クザーノは便箋《びんせん》を畳んで、封筒に入れた。明日、食卓にそっと置いていくつもり。荷物は全部荷車に載せてあるし、もはや準備はすべて終わっている。窓を開けると、冷たい外気が入ってきた。砂漠は月の光を浴びて青ざめている。クザーノは上等の葉巻を一本開けて、吸い口を切り、丁寧に火を点けた。喫ったことのない銘柄だ。当たりか外れか。ひとつ、ふたつ、みっつ、ふかしてみて、ああこれは。カフェオレみたいな口当たりで、切ったばかりの杉のような香りもする。香ばしくて、なめらかで。

クザーノは二時間くらいかけて、なんにも考えずにゆったりと葉巻をふかした。

2

花田のおっちゃんは軽トラに乗って、時間通りにガレージの前まで来た。外はまだ日が昇っていない藍《あい》色だ。クザーノはというと、服を着込めるだけ着込んで、マントを羽織りフードを被っている。額にはゴーグル。それと大きな荷車を見て、花田のおっちゃんは呆《あき》れたような顔をした。よくもまあお前、なんだ、ようやるよ。おとっつぁんおかっつぁんには言ったんかい。いや、手紙を残してます。そらそうだろなあ、止めるわなあ、でもこんな堂々とやってってなあ、俺ぁ何も言えねえわこれは、なんにも言えねえ、なんにもだ。

カサンドルは輓具を付けて、首をすっと伸ばしてすましていた。花田のおっちゃんに手伝ってもらって、軽トラックから荷車に干し草の山を移した。カサンドルは大人しく坐っていた。いいか、カサンドルを殺すなよ、なんかあったら帰って来い。わかりました、ありがとう。アップ！　クザーノが手のひらを上にすると、カサンドルはすっくと立ち上がった。輓具を荷車に取り付けた。革紐は充分な長さがあったので、ロープはいらなかった。気をつけろよ、それしか言うことねえからよ。わかりました、気をつけます。クザーノはカサンドルの手綱を引いて、砂漠に向けて歩き始めた。ずいぶん歩いた頃になって、花田のおっちゃんの軽トラが動き出した音が聞こえた。

　涼しいうちに距離を稼がないといけない。死ぬことが目的ではないのだ。まだ東京から蓄えてきた悲しい水分はタプタプと身中にある。しかし、生きるための水もまた充分に飲んできたし、荷車にたっぷり積んである。ずいぶん重たいはずの荷車を、カサンドルはぐいぐいと力強く牽いて歩いていく。砂丘の向こうから朝日が昇ってきた。稜線が灼《や》けた針金のように輝いた。クザーノたちは灌木を縫うようにして進む。あの死神のようなキャメル・ソーンの木も通り過ぎた。

　すっかり太陽が昇ってじりじりと暑くなってくると、休憩だ。カサンドルを坐らせて、干し草を食べさせた。クザーノは布団を敷き詰めた荷物でいっぱいの荷車に乗り込んで、屋根をこさえた。荷車の端に青いビニールシートが仕込んであって、支え木を起こすとテントのように広がる仕組みになっている。風を受けると飛ばされる恐れがあるので、普段は仕舞ってあるのだ。何もかもが青い荷車の上で、クザーノはドライフルーツを口の中で転がしながら、夕方になるまでゆったりと休んだ。真っ青な天井に手をかざした。

「青空だ」

　クザーノは呟いた。

「これが俺の青空だ」

そう言ってひとり、くすくすと笑い、そして眠った。

旅は長く続いた。とうとう砂丘の下まで辿り着くと、ブーツが沈み込むきめの細かな砂の上を、ずんずんと登っていった。荷車の車輪も沈み込んでいるけれど、カサンドルは轅具を軋《きし》ませながらぐいぐいと進んでいく。やがて砂丘の頂上まで来ると、今まで見たことのない景色を見ることになった。どこを見てもオレンジ色の砂丘だ。大きな砂丘を遠く見渡しているのか、それとも近くに小山がいくつもあるのか、判別がつかなかった。風紋の美しい、あの砂丘はさすがに遠くにあるのだろう。しかしその東側にあるのっぺりとした砂丘までの距離はまったくもって分からない。クザーノが躍《おど》り出る世界は、そんなふうにできていた。

旅はそこから、さらに長く続いた。クザーノの顔は真っ赤に日焼けして塩をふいていたけれど、それを見るのはカサンドルだけだ。甲一は一体どこまで行ったのだろう。五年前だ。俺の弟分の甲一……甲一は一体どこに辿り着いただろう。そこまでは行くのだ。行かなければ話にならない。死にに来たのではないのだ。そう思う度に、最近は疑問が生じるようになってきていた。地図もなしに砂漠に来ておいて、死ぬつもりがないなんて、よくそんなことが言えたものだ。生きることにお前、すっかり疲れてしまったんじゃないのか。そのくせ体力だけはあるものだから、こんなところに足を踏み入れたんじゃないのかよ。

東京から運んできた悲しい水分を全部蒸発させるためだけにここに来たんじゃないのか。大きな星も小さな星も、熱い心臓を冷たく包むように一斉に輝いて、星座の輪郭まで分かるような星空の下、乾いた寒風の中を歩きながら、マントを口元まで引き上げて、クザーノは考える。じゃあ甲一はどうなる。あんなに目を輝かせて、砂漠の向こうに行くんだと言い張っていた甲一はどうなる。はたちの男が、まだ何の失敗もしていない、水で洗ったようなはたちの男が、砂漠の向こうを目指したんだ。甲一は何も倦んでいなかった。真っ直ぐに砂漠の向こうを志向していた。俺はなんだ。なんだとはなんだ。ふざけるな。そうだ、ふざけている。何を思ってここにいるのかなんて問いは、ふざけている。重要なのは今ここにいて砂漠を横断しようとしている事実であって、その心にどんなよこしまなものが潜んでいようと、やっていることは甲一と同じはずなのだ。それを馬鹿にすることは、甲一を馬鹿にするのと同じことだ。俺の弟分は立派な奴だ。俺よりもずっと立派だ。その後を俺が追っているのだ。追いついたら、肩をバンバン叩いてやろう。ようやく追いついたと言ってやろう。

長い旅の休みの昼。口元を手のひらで撫でるのが習慣になっていて、もざもざと伸びた髭が旅の長さを物語っていた。水や食糧、カサンドルの干し草も節約せざるを得なくなってきていて、ひと抱えもあった立派なこぶが徐々に小さくなっていくのは見ていて切なかった。ボトルの水をタライに注いでカサンドルの前に置くと、カサンドルは長い首をタライに突っ込んですぐに飲み干してしまった。本当はもっと飲ませてやりたかった。安い葉巻はまだ結構残っている。その一本に火を点けた。いつもの味。明るいブルーシートの下で煙が舞って、風に吹かれて消えた。

まだだ。まだまだ。東京で鼠の糞便やらすり潰されたゴキブリやらあの絶え間ない曇天や灰色の雨から、身に沁《し》み込んだ水分は未だクザーノの体内に留まっている。真っ青に発光するビニールシートの下で、クザーノは残り少ない水を口に含み、髭に垂れた水気を啜《すす》った。世界一乾いた場所で、新しい水が、古い水を更新する。それがどれだけありがたいことか。きっと甲一もこうやって旅したのだ。甲一は悲しい水を含んでいないから、旅はどれほどすっきりしたものだったか。いや、甲一のことだから、俺も思いつかないようなひと工夫もふた工夫もあったのかもしれない。口の中で砂がじゃりじゃりした。クザーノはもうひとくちだけ、水を含むことを自分に許した。甲一と同じ旅をしていることが、カサンドルと同じ水を飲んで、ここまで来たのが嬉しかった。まだだ、まだまだ。その昼は父親と一緒に、白磁《はくじ》の壺を地面に埋める夢を見た。磨きたてたような白い壺は、真っ黒な土によく映えた。やがて夕方になり、クザーノは目を覚ました。沈んだばかりの太陽が、東の空に群青色の地球の影を作っている。クザーノは自分が巨大な天体を旅していることを実感した。そうなると、藍色のグラデーションの中に輝き始めた数多《あまた》の星々の、そのひとつひとつが球体であって、クザーノと真正面に向かい合っていることを思わされた。球体は常に正面であるからだ。クザーノもカサンドルも、全身で星々と正面から向かい合っている。旅の孤独を感じることはいちどもなかった。

旅はさらに長く続いた。とうとう、カサンドルの首を抱いて泣きたいような夜が来た。食糧と干し草の尽きた悲しみからではない。よくここまで一緒に来てくれたと、それだけが嬉しくて、申し訳なくて、愛おしくて、クザーノはカサンドルの首を抱いた。カサンドルの表情はいつもと変わらない。それでも、顔をつきあわせて、ふっと鼻先に息を吹きかけると、喜んでいるようにも見えた。クザーノは残り少ないペレットをカサンドルに食べさせて、自分は砂糖をまぶしたドライフルーツのパインを口に放り込んで、嚙《か》まずに砂糖の溶けるのを味わった。これも最後の袋の底の底だ。歩けるだけ歩こう。花田のおっちゃんには申し訳ないけれど、俺もカサンドルも、きっと死ぬ。甲一も死んだだろうか。兄ィ、俺は計画を練るのは得意なんだよ。何かしようとすると、いろんなことが、ポップコーンが破裂するみたいに頭の中に浮かぶんだ。それを必死に書き留めて、自分の手が動く限りの速さで、自分で読めるか読めないか、ギリギリの暗号みたいな字で書き殴るんだ。そうでないととても間に合わないからね。甲一、俺も東京に行く前の町での生活の中で、そうして東京で働きながら、アパートに帰ったら、自分の部屋で、いろんなことを考えたんだ。次から次へと考えが浮かんで、それを練り返して、掘り進めていった。それがどういうわけか、また故郷に戻ってきてからは、何も思い浮かばなくなった。考えるということをすっかり忘れてしまったんだ。あれだけ長い年月をかけて、俺はいったい何を考えてきたのか、何も思い出せないんだ。俺は自分が昆虫みたいになってしまった気がしていた。けれどもこうして旅をしていると、何か考えつかないまでも、あらゆる印象が俺の中に飛び込んでくる。何か透徹《とうてつ》したものが俺を貫くのを感じる。

一神教が生まれたのがどれも砂漠の中でだって話、よく分かるよ。人はどこから来て、どこへ行くのか、そんなことも考える。おお、俺は考えているらしいぞ。でも結局のところ、世の中のあらゆるものは、あるように、あるだけの話だ。小石は小石。俺は俺。でも死んでしまえばどうなんだろうな。こんなふうに何かを考えたり感じたりするのは皮膚感覚であったり視覚情報、学んだ言語の順列組み合わせだったりするわけだろう。そういうものは脳で管理されているわけだから、脳を失った人間の思考というものはどんなものだろう。きっと細いガラス糸のようなものだ。そうして、そのガラス糸は何かを志向している。どこかに向いているんだ。それが直線なのか、線分なのかは俺にも分からない。片側の詰まった半直線ということもあり得るな。半直線なら、きっと地球の真ん中から神に向かって志向しているはずだ。神ってのは、クリスチャンやムスリムから見たらかたちのない光みたいなもので、仏教徒から見れば釈迦《しやか》の姿をしている、きっとそんな何かだよ。俺たちのガラス糸はそこに向かっているんだ。神は無限だから、神に向かう線も無限だ。すると線分じゃないな。結局のところ俺たちは直線か半直線だ。頭の良い甲一は、この砂漠の中でどれだけ豊かな考えを抱いていたんだろう。お前はものを書いて残せば良かったのに。なあ甲一、俺の弟分……なあカサンドル、涼しい時間帯だけれど、少しだけ休もう。休ませてくれ。荷車で横になりたい。お前は強いな。大きいな。少し横になるよ。

　クザーノが布団の上で横になると、荷車がまた揺れ始めた。俺を乗せて歩くつもりなのかカサンドル。俺の言うことを聞かないで、俺がいちばん喜ぶことをしてくれるのか。お前は天国に行くよカサンドル。俺はお前を殺した罪で地獄行きかもな。甲一、あいつは天国に行く以外あり得ないような男だった。しかし死んだと決めつけるのはあいつに悪いな。今もどこかの町で人を喜ばせてるのかもしれないんだ。チューボに入った高い葉巻、とうとう手をつけなかったな。でも今あれに火を点けたら、それこそカサンドルに対する裏切りだ。カサンドルは歩いている。俺を乗せて。本当は降りてなきゃいけないんだ。でももう、俺は限界だ。ごめんなカサンドル。甲一と俺、どっちが長く旅をしただろう。やっぱり甲一かな。頭も活《い》きも良い奴だ。俺の弟分にはもったいないような奴だ。なんで俺を慕《した》っていたのか、何か理由があったのかもしれないけれど、今となってはそれも思い出せなかった。お前はすごい奴だよ甲一。お前がいなければ、俺は今も町でひとり腐っていただろう。お前に引っ張られたんだ。俺は満足だよ。甲一も、カサンドルも、俺はなんで良い奴ばかりに恵まれるんだろう。しくじってばかりの俺の人生を、神様が補ってくれたんだろうか。だったらもう、文句を言うことなんて、なにひとつない。俺は世界一恵まれた男だった……。クザーノは目をつぶって荷車に揺られながら神を感じていた。いつまでも、いつまでも、荷車は止まらずに砂漠を突き進んでいった。

3

クザーノが荷車の中で目を覚ますと、大勢の人たちに取り囲まれていた。身体を起こそうとしたが、力が入らなかった。のけぞるようにして荷車の先を見ると、輓具が外されていて、カサンドルはいなかった。

「起きたぞ!」

「生きてる」

「生きてたよおい」

「水汲んできてやれ！」

しばらくすると、スカーフを巻いた女が水の入ったコップを差し出してくれた。クザーノは手が震えてコップをうまく受け取ることができなかった。見かねた女は、コップを直接クザーノの口につけて傾けた。枯れ葉のようになった舌が、木の洞《うろ》のようになっていた喉《のど》がじゅうっと水を吸うのが分かった。一気に目が覚めて、クザーノは女からコップを受け取ると、たちまち飲み干してしまった。

「水ばかり飲ませたら死んじまう」

別の女がリンゴをまるごと持ってきた。クザーノはそのまま受け取って囓りついた。甘みと酸味にむせながらも、クザーノはリンゴを芯まで食べ尽くした。女に支えられながら身を起こすと、クザーノは知らない町にいた。荷車が揺れ始めた。誰かが牽いてくれている。宿の二階から覗き込む顔や、商店の赤白の庇《ひさし》などが見えた。白い建物の前で、荷車が止まった。男たちがせえのっと声を上げてクザーノを担架《たんか》に移して、そのままクザーノは白い建物の中に運ばれていった。薄暗いのはきっと外があまりにも明るいからで、消毒液のにおいだ、ああここは診療所か。青い山の絵が飾られているのが印象深かった。クザーノは奥まで運ばれていった。

担架からベッドに移されると、点滴を受けた。クザーノは白い天井を見た。何もかもに身を任せていた。そのすべてが心地よかった。

「あんた、一体どこから来なさった」

男がクザーノに質問しようとすると、

「まだ大丈夫とは言い難いんですからね、明日にしてください」

医者が男を制して、部屋から追い出した。医者はクザーノの手首を握ってナースコールを触らせると、何かあったらこれで呼ぶようにと言った。

「しばらく寝ていて大丈夫ですよ」

冷たい、清潔なシーツが心地良かった。クザーノは砂漠の中で感じたのとはまた別な、人の努力によって構築された喜びに身を浸した。目をつむると、クザーノの意識は冷たい、清潔な世界の底にある、胎内のような温かさの中に沈んでいった。

猛烈《もうれつ》な空腹に目を覚ますと、点滴はもう取り外されていて、腕にはガーゼが貼《は》ってあった。誰もいなかったので、クザーノはナースコールのボタンを押した。看護師がすぐにやってきた。

「おはようございます」

クザーノは挨拶を返して、頭を下げた。

「気分が悪いとか、吐き気がするとかはありませんか?」

「私は大丈夫です。それよりも、カサンドルは大丈夫ですか。ご存じですか。私を運んできたらくだです。大丈夫でしょうか」

「それなら心配いりませんよ。私の兄が面倒をみています。井戸が涸《か》れるんじゃないかってぐらい水を飲んで、山ほどアルファルファを食べているそうです」

クザーノはやっと心から、爽《さわ》やかな快癒《かいゆ》にまどろんだ。すぐに食事が運ばれてきた。肌色のポリカーボネートの器に入ったおじやと、ガラスの皿に盛られた桃缶。薄いスポーツドリンク。おじやをスプーンですくって口に運ぶと、卵と味噌の味が身に沁みた。柔らかい桃は痺《しび》れるほどに甘かった。どちらも、あっという間に平らげてしまった。枕元の台にティッシュがあったので、クザーノは髭についた食べかすを拭ってゴミ箱に捨てた。食器を回収しにきた看護師に、いつ頃退院できそうか尋ねると、先生の診断次第だということだった。先生はすぐにやってきた。紺色の医療着を着た、肩幅の広い頑健そうな医者だった。

「しっかり回復しているように見えますので、明後日には出てもらって大丈夫ですよ」

医者が出ていってしばらくするとまた看護師が入ってきて、血圧と脈拍を測って部屋を出ていった。窓は磨りガラスで、外の様子は分からない。ときどき、自転車のベルの音などが聞こえた。

ドアがノックされた。部屋にはクザーノしかいなかったので、どうぞ、と返事すると、白い髭を生やした老人が入ってきた。老人といっても、背筋はしゃんと伸びていて、歩き方も力強かった。

「いやあ、驚きましたよ。砂漠から、らくだが一頭で荷車を牽いてきたってんで駆けつけると、荷物の中にあなたが埋まっていたわけで。一体どこの町から来なさった」

クザーノが自分の町の名を告げると、老人は知らないとのことだった。

「南の砂漠の向こうに町があるなんて、聞いたこともない話ですな」

老人の話によると、この町に通じる道は東西に延びていて、南北は不毛の地ということになっているらしかった。

「実は探している男がいまして」

クザーノは甲一の人相風体を老人に伝えた。しかし五年前のことだから、しかもはたちから二十五なんて、人間が変わるにはちょうど良い時期だし、あの日焼けした、健康的な、少しだけ面長な顔も、かたちの良い耳も、生命力を発散させていながら、どこか憂鬱《ゆううつ》を宿しているようにも見える、あの伏せ気味の睫《まつげ》毛に縁取られたアーモンド型の目も、今ではどうなっているか分からない。

「人の出入りの多い町ですからな。ぼちぼち人に当たってみるしかないでしょう。しかし、その彼もあなたと同じ町から来たわけでしょう」

クザーノは頷いた。

「あなたが、あなたとあのらくだが命がけで、それに天の大きな助けもあって、ようやく辿り着いたわけでしょう。こう言ってはなんですが、あまり大きな希望を持ちすぎるのは良くない」

「承知しています。ですが、私よりうんと頭の良い男なんです。何かうまい方法でここに辿り着いているような気がしてならないんです」

クザーノがそう言うと、老人は下くちびるを突き出して何度か頷《うなず》いた。

「まあ、急《せ》かずにやることですな。まさかまた町に帰るつもりではないのでしょう」

「さすがにそれは、無理だと分かっています」

クザーノは笑った。

「しばらく、この町に厄介になるつもりですが、よろしいでしょうか」

「もちろんよろしいですとも。いや、よろしいも何も、人間の身のふるまいを町長ひとりがどうこうできるわけはありませんからな。ご自由に。なんなら仕事や住まいの斡旋《あっせん》などさせてもらえればと考えちょります」

「それはありがたい話です。本当に、何から何まで」

「いや、みんな珍しい客が好きなんですよ。今日だって押しかけようとするのを、私は止めたんですよ。お身体に障るでしょうから」

その次の夜、クザーノはシャワーを借りて、旅の汚れをすっかり洗い落とした。クザーノは長旅に汚れきっていた。びっくりするほど色のついたお湯が流れた。久しぶりに浴びる熱い湯に全身がジンジンした。使い捨ての髭剃《そ》りが用意されていたが、この量の髭を自力で剃るのは無理そうだった。

退院の日、受付で入院費を払うと言うと、町長からもらったので要らないと言われた。クザーノはらくだ牧場と町長のいる役所の地図を書いてもらって、診療所を出た。知らない町の空気だ。クザーノがいた町より砂気が少なく、少し涼しかった。

らくだ牧場に行くと、元気なカサンドルの姿を見ることができた。牧場主は淡い緑色のツナギを着た若い男だった。

「あんたが噂の!」

不思議な握手を交わした後、牧場の中に入れてもらって、クザーノはカサンドルの首に抱きついた。

「お前は本当にすごい奴だよ。お前のおかげで俺は生きてるんだ」

牧場主から道具を借りて、ゴワゴワした灰色の肌を丁寧にブラッシングしてやり、ペレットを食べさせた。深い友情を感じているらくだだけれど、この町で独力で飼うのは無理な話だ。できるだけ余所にはやらないでくれと頼み込んで、その代わりにと、この素晴らしいらくだにしては安い値段でカサンドルを牧場主に譲《ゆず》った。

「可愛がってもらえよ。ときどき会いに来るからな」

クザーノはカサンドルの頬を両手で挟んで、鼻面にふっと息を吹きかけた。

荷車は牧場の片隅に置かれていた。大事な荷物だけバッグにまとめて、あとはそのまま納屋に置いてもらえることになった。

「迷惑をかけるね」

「構わないよ。幻の町からあんたを運んできた荷車だと思うと感慨《かんがい》深い」

それから町役場に向かう。道行く人の中にはクザーノの顔を知っている者もいて、ときどき引き留められては、なんやかやの質問に答えた。

町役場に着いて受付に話を通すと、すぐに町長室に案内された。町長室はガラス張りで、ブラインドが上げられていたので、視線を合わせるだけでノックする必要はなかった。視線が合うと、町長は満面の笑みを浮かべた。

「よくいらっしゃいました。どうぞ掛けてください」

クザーノが椅子に坐ると、町長は早速引き出しを開けて紙の束を広げた。

「これは転入届、まあこれは後でよろしい。まずは仕事ですな。いろいろとあるにはあるんですが、住み込みのもので、まあ私の顔が利くとなると……ここですかな」

手渡された紙は求人票などではなくて、レストランの広告だった。

「私の弟がやっとる店なんですが、ここのウェイターがやめたばっかりでね。接客業の経験などは？」

「あります。昔のことですが」

クザーノは東京で、ドブ浚いの仕事をやる前は、二年半ほど中華料理屋でアルバイトをしていた。しかし社員が店のお金を持ち逃げしてしまったために店が潰れ、仕事を移ることを余儀なくされたという過去があった。

「昔のこと、結構！」

町長はぱんと手を叩いた。

「では話を通しておいてよろしいですかな」

「よろしくお願いします」

「少々お待ちを」

そう言って町長は電話をかけ始めた。その間、クザーノは町長のどっしりとした机の上を眺めていた。小さなドクロの置物、羊皮紙色の地球儀、みっちりとペンが押し込まれた寄せ木細工のペン立て、背の高いマグカップに付いている円い紺色《こんいろ》の模様は町章だろうか。花のようにも、鳥のようにも見える。書見台に開かれたままの条例集、カエルを象《かたど》った文鎮《ぶんちん》で押さえられた書類、おそらく未決、既決に分けられた赤と青の書類置き、立派な木の箱が開いていて、中には朱肉で汚れた大小の判子《はんこ》がずらり、朱肉ケースは三種類並べられていて、どれも指紋がべたべた付いていた。木造りの立派なティッシュケース、これで指についたインクを拭うのだろう。

電話が終わると、町長は目を見開いてうんうんと頷いた。

「明日から来て欲しいとのことです。地図は今お渡しした広告に書いてありますからな。時間は昼の四時。今晩は宿を探してください。なに、ここは人の行き来のある町ですから、宿はいくらでもあります。大通りに面した宿を選べばまず間違いありません。よろしいですかな」

「もちろんです、ありがとうございます。それで入院費の件なんですが……」

「あれはよろしい、経費で落とせます」

町長は手のひらを下に向けて左右に振ると、目を細めて笑った。クザーノはありがたく受け入れることにした。

「何から何まで、ありがとうございます」

「これも縁ですから」

町役場を出ると、クザーノはようやく自由を手にした気がした。三日前まで生死の境をさまよっていたのが嘘のようだった。まず理髪店を探して、旅の象徴のような髭をきれいに剃り落としてもらった。熱いクリームを塗り込められて、ぞりっと剃刀が肌を滑るたびに、骨まで歪むような陽光や、頬を痛めつける砂嵐が、こそげ落ちていくような心地がした。接客業をやるということだから、髪も整えてもらった。それから服屋に入って下着から何から全て新調した。ベージュのチノパンに麻のシャツ。旅立ちの前よりも余程すっきりした格好になった。肌に受ける風が一気に心地よくなった。そのまま近くの食堂に入った。壁のない開放的な造りで、風通しが良い。クザーノは鶏肉のソテーを頼んで、適当にふらりと入ったにしては、柔らかい肉に味の良いソースがかかったソテーと、香りの良いパンが出てきたのに少し驚いた。自分が働く店でも、これくらい旨いものが出ると良いのだけれど。すっかり食事を片付けてしまって、クザーノは大きなため息をついた。あの日、故郷の煙草屋で、クザーノは高い葉巻を二本買ったのだ。一本は旅の始まりに。そしてもう一本は――。

クザーノはチューボから葉巻を取り出すと、吸い口を切って丁寧に火を点けた。ひとつ、ふたつ、みっつ、喫って、なんて甘い煙だろう。口を開くと、葉巻の先の細い煙に混じって、かたちを変えながら優雅に天井に昇って広がる。舌に残る杉に似た香り。クザーノはたっぷり二時間かけて、旅の終わりの葉巻を心ゆくまで味わった。

I

乾いた土地でなければならないのに、東京の生活について書かなければならなくなった。たちまち湿気と低気圧が立ちこめてくる。クザーノには関係ないことだけれど、私には大事だ。けれどもクザーノのためだ。書かれなければならない。

そもそもクザーノが東京に行ったのは、ライターをしている友人からルームシェアをしないかと誘われたからだった。生まれ育った町に飽き飽きするということもないけれども、外の世界も見てみたかったクザーノはOKと返事してバスに乗った。長い旅だったけれど、何もかも他人が操るエンジンとモーターに任せておけば良い楽な旅だった。駅はどこか生臭いにおいがした。これが都会かと思った。迎えにきた友人に案内されて、重い荷物を抱えたまま、ふたりはファミレスに入って積もる話をしながらお互いを観察し合った。友人は髪を伸ばしていて、すっかり太り、肌が白くなっていたが、朗らかな調子は変わっていなかった。仕事はゆっくり探せばいい、先に東京見物をしてからでも。お金は給料が入ってからでいいよ。そんな鷹揚《おうよう》なことを言ってくれた。しかしクザーノには観光地を回る趣味はなかったので、早速仕事を探すことにした。そして見つけたのが『北京』という中華料理屋だった。

『北京』は繁華街の入り口にあった。土地代も高いだろうに、それなりに広い駐車場があって、その分奥まっていた。古くからある店に違いない。仕事を教えてくれたおばさんの話によると、ここは昔旅館で、それを中華風に改築した店なのだという。確かによく見ると外からの造りは和風に見えなくもないのだけれど、門のところの新しそうな柱は丸くなっていて、それが赤や緑に塗られている。そうして屋根に大きい『北京』の看板が掛かっているから、旅館の印象はもう殆《ほとん》ど残ってはいなかった。ただ、旅館をやっていただけあって、中は広い。二階は仕切りを取っ払えば結婚式を催したりもできる。実際そういうこともちょくちょくあったのだけれど、その殆どが中国人以外の外国人であったのが、クザーノには不思議に思われた。

クザーノはそこのホールで黄色い中華服を着て、二年半ほど働いた。クザーノは何でも器用にやる方だったから、電動ノコギリを持たされて、椅子の脚を片っ端から五センチ切る、なんて作業をやらされたりもした。二階のベランダのすぐ傍にクスノキがあって、作業が終わるとその枝に飛び移って寝っ転がり、のんびり日の光を浴びたりもした。忙しい時間帯になると木屑《きくず》を払ってそのままホールに出た。いつでも黄色い中華服を着ていたから。

そんなふうに平和に過ごしていたのだけれど、いつも事務所にいる女の上司が、金庫のお金を持ち逃げしてしまった。『北京』はもう立ち行かないということになって、一緒に働いていた徐《じょ》さんという人から紹介されたのがドブ浚いの仕事だった。深夜の仕事だ。東京に星は殆ど無かった。

ドブの蓋《ふた》を五メートルほど開けて転がしておいて、シャベルをドブに突っ込んで汚泥をかき集める。深い泥がきれいな四角に掘れると楽しかった。防塵《ぼうじん》マスクをしていたけれど、鼻のところにできる隙間から粘つくような茶色い臭いが入ってきて、それだけはいただけなかった。ゲンチョウと呼ばれる巨大なチリトリのようなもので、汚泥を収集車に詰め込んで、蓋を戻し、軽く掃き掃除をして本社に戻る。ここはどこよりも臭かったけれど、一週間も働けば慣れてしまった。

磨りガラスに朝焼けが差し込む工場の中で、収集車から巨大な攪拌機に汚泥がドボドボと垂れ流される。作業者以外はここでマスクを外して煙草を喫った。煙草の匂いなど、もはや分からなかった。黄色い手すりにもたれて、パチンコや競馬の話などをするのだった。青いツナギはみな汚れていたけれど、美しい場所だった。汚泥が注ぎ込まれる機械の横にも長く手すりがついていて、その一箇所に本来チェーンが張られているべき場所は、自由に入れるようになっていた。その入ったところが階段状になっていて、坐り込むのにちょうど良かった。コマダとハセガワというふたりが、そこで煙草を喫っていた。コマダは少し太っていて、前歯が一本ない。その歯の隙間にちょうど煙草が挟まるので具合が良さそうだった。ふたりが何の話をしていたのかは、機械の轟音《ごうおん》のせいで分からなかった。

クザーノたちが青葉賞の話をしていたときに、機械が突然バツンと妙な音を立てた。全員驚いて機械を見たが、すぐそばにいたコマダとハセガワがいちばん驚いていたと思う。しかしふたりは、そこから動かなかった。キリキリキリキリキリキリと何かがひん曲がるような音が工場内で反響して、またバツンといったときに、機械はそこいらに破片を撒き散らした。クザーノの真上でガラスが割れた。首を竦ませながら手すりから離れた。班長が果敢に機械の方へ走っていって、緊急停止ボタンを押した。その機械の横だ。肩からドクドクと血を流すコマダを、ハセガワが支えていた。コマダはすぐに救急車で運ばれていった。コマダの坐っていた場所に血だまりが残っていて、朝日に照らされていた。ハセガワの手は血まみれで、袖のところは黒く染まっていた。上長が出てきてみなを整列させ、新しいチェックシートでもう一度見直しをすると、クザーノのシャベルだけ無かった。思えば、クザーノもシャベルをしまった記憶がない。上長はクザーノよりも、チェックシートを書いた男の方を叱責《しっせき》した。コマダの左腕は、もう一生動かないということだった。スーツを着た見たこともない上司も呼ばれて行われた緊急ミーティングで、チェックシートを書いた男とクザーノは、何故このような事故が起こったのかをつぶさに説明した。上長と一緒になって作成した文言だった。立派な訓示《くんじ》もできて、毎日仕事の前に斉唱《せいしょう》することになった。クザーノはもうこの職場にはいられなかった。

田舎に戻るわ、とルームメイトに言った。そうか、と彼は答えた。あれこれと詳しくは訊いてこなかった。別れはさっぱりしたものだった。彼は彼の仕事へ、クザーノは故郷に戻った。旅の時間は、行きよりも帰りの方が短く感じた。故郷に近づくにつれ、少しずつ空気が乾いてくる。そこでクザーノは、自身に沁み込んだ東京の水分に気がついたのだった。それはずっしりと重く、クザーノだけに分かる臭いを放っていた。

家に着くと、母が抱いて迎えてくれた。クザーノは自分の臭いが気になった。夜になると父と妹が帰ってきた。父は力強くクザーノの肩を二回叩いた。クザーノは、母に抱かれたときに出なかった涙が出そうになって、必死に耐えた。妹は音も立てずに紅茶を淹《い》れた。

それからクザーノは煙草を喫うことをやめて、代わりに葉巻を覚えた。煙草屋のおばちゃんが教えてくれたのだった。煙草よりね、葉巻とかパイプの方が身体にはいいのよ、ふかすだけだから、肺に入れないから。それにぜいたくだしね。失敗したときほどぜいたくが必要なんだよ。ぜいたくと言ってもね、煙草ほど数をやらずに、一日に一本くらいにしとけば、かえって煙草より安くつくよ。あたしは商売で言ってんじゃないんだからね。クザーノは言われたとおり安い葉巻を買った。禁煙は不思議とつらくなかった。真昼に窓を開けて葉巻を一服する。ぷかりと煙が砂漠の風に消えていく。クザーノには何の焦りもなかった。ただ東京から持ち帰った水分が重たかった。故郷の乾いた気候も、水分を蒸発させてはくれなかった。ときどき甲一が家に遊びに来た。クザーノは故郷の誰と会っても気詰まりだったけれど、弟分の甲一だけは平気だった。クザーノの部屋の、甲一くらいしか使わない来客用の椅子に坐った。肘《ひじ》置きに肘をついて、人差し指をくるくる回した。きれいな顔をして笑った。兄ィ、俺もぶらぶらしてんだよ。じきに商売を始めるつもりなんだけどさあ、ついダラダラしちゃうんだよな。靴屋をやろうかと思ってるんだよ。この町は、靴はトンボ屋で売ってるだけで、専門店ってのが無いだろ？　みんないい加減なやつを履《は》いてる。だから男は良い革靴履いてさ、女はハイヒールとか履かせたいわけよ、俺は。悪い考えじゃないだろ。なあ兄ィ。良かったらいちまい噛んでよ。考えとくよ、ありがとう。

　のどかな一年が過ぎた。そろそろ父がいろいろと言い始めた。クザーノが何の仕事を始める様子も無かったからだ。クザーノは仕事よりも、身体に沁み込んだ水分ばかりが気になっていた。それをほったらかしにして何かの仕事に就いても、決して救われることはないと考えていた。ずっと、こっそり温めていた考えを実行に移すことにした。

砂漠を渡ろう。砂漠の熱で身体を灼くのだ。それしか、この体内の水分から自由になる方法はない。さっそくクザーノは実行に移した。スクラップ置き場から荷車やら何やらを持って帰り、家のガレージで修理した。らくだ牧場をやっている花田のおっちゃんのところへ行って、良いらくだを一頭買い付けた。カサンドルという名前の雌らくだだった。

家の者は何も言わなかったけれど、甲一は当たり前のように訊いてきた。兄ィも商売始めるの？　クザーノは自分の部屋で、甲一に計画を話した。甲一はアーモンド型の目をしばらく見開いたあと、長い睫毛を伏せた。俺、もう町に靴を発注してあるんだ。まずは一五〇足。そこから始めようと思って、叔父さんから金借りてさ。商売をする場所も決まってたんだ。吉田のおっちゃん所の軒先を借りてやるんだ。話もうつけてある。なあ兄ィ、もっと早く言ってくれりゃ良かったんだ。そうすりゃ俺も一緒に行ったよ。俺は靴屋なんかよりよ、兄ィと旅がしたかったよ。

甲一が帰ると、クザーノは窓を開いて葉巻をふかした。いつものとは違う、一本五千円で売っている葉巻だ。買ったとき、煙草屋のおばちゃんが言った。ぜいたくをするんだよ。うんとぜいたくをするんだよ。何かを察しているふうに、そんなことを言うのだった。

旅の日がやってきた。甲一と花田のおっちゃんにだけ、日時を伝えてあった。早朝だ。

甲一はガレージの外で待っていた。花田のおっちゃんが軽トラでらくだと干し草を積んでやってきた。花田のおっちゃんも甲一も、干し草を荷車に移すのを手伝ってくれた。輓具は花田のおっちゃんがつけてくれた。

花田のおっちゃんの軽トラが行ってしまうと、らくだと甲一と途中まで一緒に歩いた。なあ兄ィ、俺もやっぱり一緒に行くよ。考えたら、靴屋がなんだって言うんだよ。叔父さんに金は借りたけどさ、もう靴も届くけどさ、きっと叔父さんが全部売り払っちゃうよ。俺がやることなんて無いよ。馬鹿言うなよ甲一、叔父さんは忙しい人じゃないか、とてもそんな暇はないだろ、お前がいちばん分かってることじゃないか、お前が始めた商売だ、お前がやらなきゃ、なあ甲一。ぽんぽんと頭を叩いてやったら、甲一は目に涙を溜めて頷いた。

そろそろ頃合いだと思って、クザーノは甲一の胸をとんと突いた。なあ、何年後か何十年後かになるか分からんけどさ、会えないってことはないよ。たぶんな。じゃあ、行ってくる。クザーノはカサンドルの手綱を持っていない方の手を甲一に差し出した。甲一は両手で指を絡めて、その手を握って、額に当てた。親指に甲一の涙がついた。じゃあ、行ってくるよ。手はするりと抜けた。甲一、俺の弟分。

長い旅が始まった。最初は灌木や悪夢のようなキャメル・ソーンの木を抜けて荒れ地を歩いた。太陽が身を灼いたけれど、クザーノは東京から持ってきた水分がどうなっているかは分からなかった。分厚いマントの重さと殆ど区別が付かなかった。あまりにも暑すぎたせいだと思う。それでもクザーノは歩いた。涼しい顔をしたカサンドルと一緒に。とうとう砂丘を登り始めた。砂に荷車の深い轍《わだち》がついた。クザーノは干し肉を囓りながら、カサンドルと歩いた。

あまりにも長い旅だった。クザーノはもう東京の水分のことなど考えられなかった。大事に大事に水を飲み、飲ませた。食糧もとうとう底をついて、クザーノは最後のドライフルーツを食べた。まぶしてある砂糖がもじゃもじゃと生えた髭についた。クザーノは荷車に倒れ込んだ。ひと休みするつもりだったのだけれど、カサンドルは歩き続けた。クザーノは気を失った。

2

気がつくと、クザーノはたくさんの人たちに囲まれていた。砂漠の向こうの町に着いたのだ。奇跡としか言いようがなかった。クザーノはたちまち有名人になった。身体が回復すると、クザーノはレストランに行って、残り一本の高級葉巻をゆったりとふかした。ひとつ、ふたつ、みっつ。カフェオレのような甘み。杉のような涼しい味。

何か仕事を探さなければいけない。そう思っていると、町長があるレストランを紹介してくれた。クザーノが葉巻を喫ったところではなくて、町の東にあるもう少しこぢんまりとした『蹄鉄亭《ていてつ》』というレストランだった。

『蹄鉄亭』で、クザーノは大歓迎を受けた。敷島《しきしま》という一家がやっているレストランだ。今はアイドルタイムで客がいない。長年の油が染み込んで、黒く光っている椅子とテーブルが二十卓ほど。歩くと靴が床を離れるときにペタペタと音が鳴る木の床。客のいないレストランに、黄色い凹凸ガラスから光が射し込んで美しかった。クザーノはわいわいと労働者たちで賑わう店内と、その間を縫《ぬ》うようにして食事を運ぶ自分を想像して、胸がわくわくするような気がした。

マスターであり一家の主の宗之《むねゆき》さんはでっぷり太った四十代くらいの豪快な人で、クザーノは名乗った途端にハグされた。

「偉大な旅人の行き着く先がレストランのウェイターとはね！　でもそう悪いもんじゃないよ。覚えられることは多いし、なにせ一流に触れるということはそれだけで意味がある。そう、でかい店じゃないがここは一流なんだ。ホールだけじゃなくて厨房《ちゅうぼう》にも入ってもらうからね。気がつけば額にでっかく蹄鉄の痕《あと》がついているはずだ。わはは、そうすりゃもう一人前だよ。私は隠居したって良い」

家族ひとりひとりの肩を両手で叩きながら、宗之さんは彼らを紹介した。洋子《ようこ》さんは、宗之さんの奥さんにしては若く見える細身の女性。短髪の真面目そうな男の子が息子の浩《ひろ》之《ゆき》君で二十一歳。背が低く少しぽっちゃりして目のくりんとした女の子が由実《ゆみ》さんで十九歳。浩之君は厨房専門。「何せ人前に出るとまるきり駄目なんだこいつは。そこはね、もう諦めてるよ」。由実さんはホール。宗之さんは基本的に厨房にいるけれども、ホールにもたまに顔を出す。奥さんはその逆。ということだった。ひととおり自己紹介が済むと、奥さんに二階の部屋へ案内された。

「ずっと使ってなかった部屋だから、埃《ほこり》が積もってるけれど、掃除すれば良い部屋になるはず。昔は私が使っていたの。だから住み心地は保証つきよ」

ふたりで大掃除をして磨き上げると、なるほど良い部屋だ。少し手狭だけれど、日当たりは悪くない。クローゼット、机と椅子、本棚もある。

「昔主人が着ていた古いジャケットを着てもらうわ。たぶんそのままだと大きいから、採寸してお直しするわね」

きれいになった部屋で、そのまま採寸してもらった。

「明日の朝にはホールに出られるわよ。あとはシャツは由実と一緒に買ってきてちょうだい」

「ひとりで行けますよ」

「雰囲気に合う合わないがあるから。あの子は心得てますからね」

そういうわけで由実さんと買い物に行くことになった。

「良い町みたいですね」

「ええ、たぶん、そう思います」

静かなトーンの中に、ほんの少し、媚びが香るような声。

「そう言っても私、他の町、知らないんですけれど」

由実さんは笑った。ふっくらしたくちびるがにゅっと広がるのを見て、クザーノは目が覚めたような気持ちになった。

「どんな町から来られたのか、教えてくださる？」

由実さんの部屋はクザーノの隣だった。一年も経たない内に男の子が生まれた。ふたりを叱る者は、誰もいなかった。由実が子育てに集中している間、クザーノはふたり分働いた。その頃になると、暇な時間帯はひとりでも店を回せるし、簡単な料理くらいなら客に出すこともできるほどになっていた。東京の中華料理屋でも気持ち良く働けていたし、クザーノはこういう仕事に向いているらしかった。

子供はすくすくと育った。祖父がどういう経緯でかは知らないけれど、コイーバというあだ名を付けて、それが定着した。母でさえ、息子のことをコイーバと呼んだ。

「コイーバ。お父さんはひとりで長い旅をした立派な人だと言われているけれど、お前は今のお父さんを見習ってね。立派に働くお父さんをよ」

彼女の言うとおり、クザーノはよく働き、コイーバはとても素直な子供に育っていったけれど、母はいつかふたりがふとした拍子にどこかへ消えてしまうのではないかと不安でならなかった。母はコイーバをなるべく近所で遊ばせた。近所の子供たちはよく町から少し離れたところにある、切り立った崖のような山に遊びに行くのだったけれど、母はコイーバにそこへ行くことを禁じた。コイーバは、仲間たちがそこで遊ぶことになると、ひとり家に帰った。そうして、二階の自分の部屋から遠い山を眺めて育った。

3

ある日、クザーノは休みをもらって、コイーバを町の北へと連れて行った。町は細長く東西に広がっていて、南北を通る道は無かった。その先には何もないとされているからだ。けれども南側にクザーノがこの町に入る場所があったように、北側にも町の外に出られる小さな路地があった。居酒屋の裏を通るので、甘いソースの匂いがした。狭い道なのに地面は乾いていて、風が吹くと砂が舞った。道を抜けると、ふたりを強い陽光が捉えた。

線路の敷石のような礫《れき》砂漠が、どこまでも広がっていた。砂丘すら無かった。クザーノが旅した砂漠よりもずっと硬い絶望が、平らに敷き詰められていた。ここをカサンドルが歩いたとして、足を挫《くじ》かずにいられるだろうか。それはこの町のらくだ牧場主の石川《いしかわ》さんあたりに訊いてみないと、わからないことだ。

ふたりは、何故かそこに置かれている、風に削られ陽に炙られて堅くなったベンチに腰掛けた。ベンチはガタガタと不安定だった。コイーバは喜んでベンチを揺らした。父はそれをさせるままにして身体を揺らしていた。

「お父さんは、この向こうからやってきたの？」

ベンチを揺らすのをやめると、コイーバは父に尋ねた。父はマッチで葉巻に火を点けながら答えた。

「違うよ。町の反対側の砂漠だ。景色もぜんぜん違う」

「じゃあなんで僕をここに連れてきたの？」

「おじいちゃんに、こんな場所があるってことを教えてもらったからさ。でもひとりで来るのは怖かったんだ。コイーバがいると心強いよ」

そういって煙を吐くと、葉巻を左手に持ち替えて、息子の頭をくしゃくしゃと撫でた。コイーバは父に頼られたことが嬉しくて、顔を赤くした。

「お父さんはな、昔ここよりもずっと大きな街にいたんだ。とても湿ったところだった。あんまり湿っていたから、身体にたっぷり水が溜まってしまった」

コイーバは曾《ひい》お婆ちゃんが、膝《ひざ》に水が溜まって、お医者さんに水を抜いてもらったという話を思い出していた。曾お婆ちゃんが家に遊びに来たときに、食事の席でそんな話をしていたのだった。

「お医者さんに行ったの？」

「誰にも治せないよ」

父は礫砂漠の何キロも先を見つめて言った。

「カサンドルと旅をして、きっと半分くらいは抜けたんだ。けれども半分はそのままだ」

「痛い？」

コイーバは父の膝に触れた。がっちりと固いはずのふとももを、ぐっと押してみる勇気はなかった。水が溜まっているのがそこかもしれないからだ。

「大丈夫、痛くはないよ」

遠くを見つめたまま、父は笑った。

「けれどもときどき思い出す。自分の中には水が溜まってるんだって。そう考えると、身体が少し重くなる」

父がレストランで軽々と身をひるがえして働いているのを、コイーバはどきどきしながら眺めることがよくあるのだけれど、そのときも身体が重かったりすることがあるのだろうか。

「どこに水が溜まってるの」

「お腹の奥だよ。押してごらん」

父は大きな手でコイーバの手首を摑《つか》むと、手のひらを自分のお腹に当てた。押してみると、固かった。

「もっと強く押して大丈夫だぞ。力一杯」

コイーバは思い切って父のお腹をぎゅっと押した。固い腹筋が押し返してきた。父の口から、煙がふっと飛び出した。

「ほら、この中に水が溜まってるなんて、誰も気づかない。だからこれは、お父さんとコイーバだけの秘密だぞ」

父はそう言って拳を突きだした。コイーバは、そこに自分の拳をぶつけた。

父の葉巻が短くなって携帯灰皿に仕舞われると、また町に戻って、今度はらくだ牧場に連れて行ってもらった。何度か連れて来てもらっているので、コイーバは首にかけられたタグの色を見て、どのらくだがカサンドルなのか当てることができた。

父と石川さんの話が終わると、ふたりはブラシを借りてカサンドルをブラッシングした。ざらざらしたカサンドルの灰色の皮膚を感じながら、父の見様見真似で、コイーバはブラシを動かした。カサンドルは相変わらずのんびりした顔をしていて、気持ち良いのだかどうだか分からない。けれどもときどき目をつぶったりするときに、気持ち良く感じているのだろうとコイーバは考えることにした。今目をつぶったのは、ブラシでわき腹を擦ったからだ。

日が暮れてきたので、ふたりはカサンドルと石川さんにさよならを言って、らくだ牧場を出た。手を繋いだふたりの影が、大通りに長く伸びた。

「どうしてお父さんはこの町に来たの？」

コイーバは尋ねた。お腹の水を乾かすためなら、別にこの町でなくても良かったのではないかと思ったからだ。

「大事な友達を探しに来たんだ」

「この町にいるってどうして分かったの？」

「分からなかったさ」

父は言った。これはコイーバの思った答とは違っていた。友達がどこへ行ったのか分からないのだったら、この町を選ぶ理由にはならないからだ。けれども、コイーバは自分の思っていた疑問に話の道筋を戻す方法をまだ知らなかったから、そのまま話を続けた。

「友達は見つかったの？」

「いいや、この町にはいなかった」

「どこにいると思う？」

父は言った。

「きっと北の砂漠の向こうだ」

コイーバは父の顔を見上げた。父はまっすぐ前を向いて歩いていて、コイーバの顔を見下ろしたりはしなかった。

I

子供の話を追っていくのは好きだ。

甲一は頭が良い子供だったけれど、クザーノの方が度胸があった。公園の砂場の取り合いになったときなんかに、体を張るのはクザーノの役だった。俺たちが先に来てたんだから、俺たちが使うのがルールだろ、年上だからってルールを破っていいわけじゃないだろ。生意気言うなよ、やんのかコラ。別にやってやってもいいぞ。クザーノは喧嘩が強かったし、何せ一度相手に嚙りつくと離れなかった。人数で勝っていても、クザーノと喧嘩をするのは割に合わないということになっていた。そうして砂場を自分たちのものにして、遊ぶのはいつも甲一の考えたゲームだった。甲一の考えた形の城を作って、堀に水を流し込んで、木切れで跳ね橋も作った。堀に葉っぱで作った舟を浮かべた。甲一の考えたとおりに事を運ぶと、なんでも上手くいった。甲一は頭が良いからな、お前と一緒に遊んでると楽しいよ。兄ィの力が強いから自由に遊べるんだよ、俺だけだといじめられるからさ。いつもクザーノは甲一を家まで送っていった。上級生が待ち伏せしているかもしれないからだ。甲一を送り届けると、クザーノはひとりで家に帰った。怖いものなんて何もなかった。

クザーノが守らなければいけない相手はもうひとりいた。妹だ。クザーノが生意気だからといって、妹が代わりにいじめられるということがちょくちょくあった。けれどもクザーノはたいてい甲一とふたりでいたから、いつも守ってやれるわけではなかった。妹は妹で、自分の身を守る方法を考える必要があった。幸い妹は可愛い見た目をしていて、自分でもその自覚があった。そうして、その可愛さで強い男の子を味方につける方法を知っていたし、そのことで女の子たちを敵に回さない政治力も身につけていた。クザーノと妹とは、まったく別の方法で強くなり、育っていった。

甲一もまた強くなった。腕力をつけたわけではなく、上手くおどけることを覚えたのだ。不穏な空気が流れているところへ、甲一はふらりと現れて場を和ませたりした。そもそも男子が言い出したことでしょう、責任持ってよ。ノリノリだったのは女子だろうが、俺たちもう関係ねえよ、なんで学級新聞なんか作らないといけねえんだよ。知らないわよ男子が言い出したことでしょう。なあなあ、それより俺の力こぶ見てよ。無いだろ力こぶ。ふんっ。だから無いだろ力こぶ。めっちゃあるって、俺マッチョだから、ふんっ、触ってみろよ。フニャフニャじゃねーか。それ筋肉だから。おずおずと進み出て、甲一の腕を触った女子がいた。眼鏡をかけた、どちらかというと地味な女子だった。周りがはやし立てると、甲一は頭をかいた。学級新聞の話はどこかに行ってしまって、午後の学級会でもう一度その話が出ると、甲一が上手く話をまとめてしまった。男子は校外に出て取材、女子は漫画コーナーを作る。男子は授業時間に外に出るのが大好きだったし、女子はお絵かきが大好きだった。

放課後になっても、残って大きな学級新聞に膝を立てていたのは、例の眼鏡の女子だった。別に無理矢理やらされているわけではなくて、四コマ漫画に熱中しているのだった。なんとなく教室に残っていた甲一が、それを眺めていた。吉川《よしかわ》さん、絵うまいね。ううん、好きなだけ。窓から光が射して、学級新聞に貼られた写真に反射して眩《まぶ》しかった。甲一は筆箱から定規を出して、陽光を天井に反射させた。吉川さんも漫画を描く手を止めて、定規で光を天井に飛ばす。何も言わずともゲームは始まっていて、ふたつの光が上手く重なると嬉しかった。

甲一を迎えに来たクザーノは、そんなふたりを見て、そっとひとりで帰った。運動場の砂地を蹴《け》る足音が誇らしかった。クザーノは、一歩成長した甲一を見て、自分が成長したような気がしていた。少しの寂しさを受け入れることが、自分の中で格好良かった。

家に帰ると、妹が先に荷物を片づけていた。妹は自分がイケてるグループに入っていることを自慢していた。そういうのが女子の戦い方なのかと思って、クザーノは半分馬鹿にして、半分感心していた。クザーノはひとつのグループに属することが、なんだかもったいない気がしていて、気の向くままに複数のグループを掛け持ちしていた。クラスにも、クザーノにはそれが許されるという空気があった。

ある上位グループで、ランダムに決めた相手を無視するという遊びが流行《はや》ったときも、俺、それやらないから、と言ったらそれで済んだ。力もあってハッタリも効くから得られた自由だった。そうしてやっぱり、ときどき甲一とふたりで遊んだ。

少し大きくなって、男子と女子の、どちらかというと敵対しがちなあの関係性が、徐々に距離を詰めるのを楽しむあのわくわくするものに変わる頃、絶妙なタイミングで甲一と吉川さんはつきあい始めた。甲一は運動はあまり得意ではなかったけれど、顔も成績も良かったし、何より自分を落とさずにおどける方法を身につけていたから、地味な吉川さんはレベルアップしたということになった。ともすれば女子に嫉妬《しっと》されかねないその綱渡りを、吉川さんは不器用ながらなんとか渡りきったし、それにはもちろん甲一のサポートがあった。女子のそういう機微を感じ取る力を男子はどうやったって身につけることはできないけれど、自分の在り方をアピールすることはできる。甲一が女子グループにちょっかいをかけるのはそのためだと知っていたから、吉川さんは嫉妬心を抑えることができた。

少年期も終わりを迎えるかという頃に、吉川さんは町の外の女子校に進学した。しばらくは文通が続いていたけれど、いつしかそれも途絶えた。ちょうどその頃に、今度はクザーノに彼女ができた。彼女は芽依《めい》といった。髪の色が明るくて、つり気味の目が、見ていて胸がくすぐったくなるような、少し派手な女の子だった。ふたりで学校から帰ると、季節の花がことのほか香った。クザーノはハクモクレンの分厚い花びらを拾って指で潰し、彼女に嗅《か》がせた。

一年が経って、彼女の妊娠が発覚した。クザーノはぞっとした。しかしやるべきことはやっていたはずなのだ。芽依の父親が散弾銃を持っているという噂が流れたが、やがていろいろなことがあって、やはり子種がクザーノのものではないことが分かった。真相の究明には、甲一の暗躍《あんやく》もあった。相手は名も知らない上級生だった。彼は最初は否定したが、無数の証拠を突きつけられて、とうとう観念した。芽依の父親の噂は本当だったらしく、その上級生は学校の帰り道で射殺された。芽依の子供は、父も祖父もいない家に生まれることになった。クザーノは後ろめたい気持ちもあったけれど、芽依との関係をきっぱりと絶った。キンモクセイの花は手の中でばらばらになって、足許に落ちた。強い香りがしたけれど、あの日のハクモクレンほどのふくよかさはなかった。

クザーノと甲一は再びつるみ始めた。何をやっても楽しかった。やがてふたりは大人になり、クザーノは近所の金物屋で働き始めたけれど、甲一はぶらぶらしていた。甲一、お前何かやらないのか。兄ィ、俺はいま世の中を見てるんだよ。そうしてしばらく日々が続き、甲一は永遠にぶらぶらしているような気がクザーノにはしていたのだけれど、甲一は突然目が覚めたように動き出した。

甲一は家族からお金を借りると、花田のおっちゃんのらくだ牧場でらくだを買った。小さな庭でらくだの世話をする甲一は、少し異様にも見えたし、妙に胸がざわつく風景でもあった。兄ィも触ってみろよ、可愛いぜ。それから甲一は、何に使うのか分からないいろんなものを揃え始めた。クザーノの勤める金物屋から、薬缶《やかん》を買っていった。

ある日クザーノは甲一に誘われて、喫茶店に行った。甲一は小さな声で話した。兄ィ、俺、砂漠を越えようと思うんだ。甲一が本当に行ってしまったのは、それから一週間後のことだった。俺、兄ィのこと、ほんと好きなんだ。でも俺がやろうとしてることに兄ィを巻き込むのは嘘だと思う。兄ィに度胸があることはよく知ってる。だから一緒に行くなんて言わないでくれよ。クザーノは分かったと答えた。もうふたりとも大人だった。

甲一がいなくなって町は大騒ぎになったけれど、芽依の浮気相手が射殺されたほどの大事件ではなかった。甲一の母親は甲一を産んだときに死んだし、父親は鉱山の落盤事故で死んでいた。甲一は親類に預けられて育った子で、それなりに愛されてはいたけれど、実の子と同じだけ愛されたというわけではなかった。親類は貸したお金についてぼやくほど俗人ではなかったけれど、いつまでも泣いて暮らすほど愛情深くもなかった。町はやがて静かになって、クザーノは鉄の臭いのする金物屋の仕事に飽きてきた。その頃、古い友達から手紙が来て、東京でルームシェアをしないかという話が舞い込んだ。甲一ほどではないけれど、よく遊んだ友達だった。父さん、俺金物屋やめて東京で働く。そうか。父はテーブルにパイプを置いて、クザーノの頬を両手で摑んだ。お前はどこへ行っても私の息子だ、頑張ってこい。母は泣いて、意外なことに妹も涙を流した。お兄ちゃん、行ってしまう？　大丈夫、着いたら連絡するから。母はただただ泣きながらクザーノを抱いた。クザーノは母の背中をそっと三度叩いた。クザーノは友達の手紙に返事を送って、荷物をまとめて家を出た。朝日が青々と眩しかった。

2

クザーノは東京に出て無事友達に迎え入れられた。アパートはまずまずの広さで、不自由することはなかった。ルームシェアをするために引っ越したのかと訊けばそうではなくて、もともと広い家が好きで借りてはみたものの、やはりひとりでは持て余したということらしい。自分が使う部屋はそんなに要らないけれど、家が広いというのはそれだけで住んでいて気持ち良いというのが友人の考え方だった。友人は在宅でライターをしていたから、家のかたちについての感覚は鋭敏なのだろう。

クザーノはまず中華料理屋の仕事をみつけて働き出した。なかなか居心地の良い仕事場で、クザーノは気持ち良く働いていたのだけれど、上司が金庫のお金を持ち逃げして店が潰れてしまった。そこで一緒に働いていた徐さんという同い年の中国人に、ドブ浚いの仕事を紹介された。

豆板醤《トーバンジャン》や八角の匂いが混じり合った職場から、腐ったネズミの糞と擦り潰されたゴキブリの死骸の、ツンと甘苦い、吐き気を催す悪臭の中に放り込まれたのは不幸だったけれど、それも一週間もすれば慣れてしまった。気が合う友達も見つけて、ここでもそれなりに楽しい日々を送っていたのだけれど、そこで気が緩んだのかもしれない。クザーノは機械にシャベルを放り込んで壊すという事故を起こして、その事故のためにコマダという男の左腕はもう一生動くことはないということだった。クザーノは職場を去った。

友人と別れるのは寂しかった。それも自分が仕事でやらかした失敗でこのアパートを去るというのが悲しかった。けれどもクザーノは、もう東京で仕事を探す気にはなれなかった。東京の空を覆う重い雲や、雨やドブや、水たまりから沁み込んだ水分のために、クザーノの身体は今にも腐ったゼリーのように崩れてしまいそうだった。重くなった皮膚が、内臓が、故郷の乾いた空気を欲していた。

荷物をまとめたクザーノは、アパートのリビングで、東京での最後の時間を友人と過ごしていた。クザーノは灰色の毛玉の湧いたクッションの上にあぐらをかいて、俯《うつむ》いていた。今日は煙草を吸わなかった。テレビではプリキュアが流れていた。

「本当に、悪いと思ってるよ。せっかく東京に誘ってくれたのに」

くわえ煙草でテレビを見ながら、友人は殆ど表情を変えなかった。けれども冷たい印象は無かった。

「三年住んだんだ、充分だよ」

煙草の灰をコーヒーの缶に落としながら、友人は言った。

「お前は良いルームメイトだった。そんでさ、たぶんこれからも友達だ」

仮面ライダーとスーパー戦隊まで見てしまうと、新幹線の時間にちょうど良かった。大きなリュックを背負った肩を、友人はぽんと叩いた。

「お前はどこでもやっていける奴だよ。ただこの街では、少し運が悪かったんだ」

クザーノはアパートの暗い階段を降りて、駅に出ると街の臭いを強烈に感じた。もっと凄まじい臭いのする職場で働いていたのに、クザーノの嗅覚は鈍ってはいなかった。陽光が湿ったアスファルトを温めていた。雨が降ったのは一昨日だった。

電車に乗り、東京駅から新幹線に乗った。しばらく乗っていると、富士山が見えた。青い富士山は、東京とも故郷とも違う、冷徹な印象をもって広がっていた。冷徹なものが遠いと暢気《のんき》だった。このふたつが同時に存在し得るのだと、クザーノは初めて知った。東京に来るときに見た富士山は、物珍しいアイコンに過ぎなかったから。今では去りゆく、質量を持った物体だった。

新幹線の駅に着いて、そこから電車に乗り換える。車内のにおいがまったく違う。東京の電車は何万という疲れと、誰かの逆流性食道炎のにおいがしたし、新幹線は神経質な青々しさが、灰色のスーツにまどろんでいた。地元の電車は、あきらめのにおい。夕日が射し込む駅に着くと、もう砂のにおいがした。また電車を乗り換えて、乾ききった木の駅を出ると、長い、長い時間、バスを待った。駅は少し高いところにあったので、ざらざらした故郷の向こうに、陽が沈んでいくのが見えた。世界が藍色になった。その向こうから、バスがやってきた。剝《は》げたビロード張りの椅子に座って、バスンバスンと音を立てるバスに揺られた。家に着く頃には、すっかり暗くなっていた。毛穴に染み入るような星空だ。ときどき、町の人に声をかけられた。クザーノ、あんた東京から戻ったの。そうだよ、向こうはどうも合わなかった、良い経験にはなったけどね。クザーノは家に着くまでに三人の人に出会ったけれど、その度に少し話をして、笑って見せた。甲一なら、もっと器用にいろいろ喋ったんだろうなと思った。甲一も、町に帰ってきていたりしないだろうか。そうしたらもう、俺は言うことは何もない。少し休んで、ふたりで商売でも始めるんだ。これが夢に過ぎないことは、クザーノにも分かっていた。甲一は戻ってこない。クザーノと違って、甲一はそういう旅をしたのだ。甲一、俺の弟分。

家の明かりが眩しかった。ノックをすると、すぐに母が出てきた。家を出て行ったときと、同じように抱きしめられた。ソースの匂いがした。この子はほんとに、ほんとにこの子はもう、ねえ、お父さん、ねえ。母は涙を流していた。パイプをくゆらせている、父の目も少し赤かった。まずはゆっくり休め、ゆっくり休んで、それからのことだ。クザーノはありがとうと返事をした。妹だけは、クザーノが出て行ったときとまったく違う態度を取った。妹はただ驚いたように、小さく口を開いてクザーノを見ていた。クザーノに何を見出し、何を発見したのか、クザーノには分からなかった。ただ、東京に行く前より少し美人になったなと思った。アイラインがくっきりとしていて、ストレートだった髪は、淡い巻き毛になっていた。クザーノがおう、と言うと、妹は、うん、と返事した。

クザーノは自分の部屋に荷物を置きに行った。部屋は、出て行ったときよりもきれいだった。埃ひとつなかった。クザーノが荷物を床に置いて、少しベッドに坐ってぼうっとしていると、晩ご飯食べるでしょ、と母に呼ばれた。

ダイニングに行くと、母が温めなおして出してきた料理は、チキンのデミグラスソースがけ、ジャガイモのオムレツ、たっぷりのサラダ、そうして、いつもの玉ねぎのスープ。食前の祈りは少し長かった。父は、クザーノの無事を神に感謝した。久しぶりの家族揃っての食事が始まった。母の手料理は、舌に沁み込んだ。鳥肌が立つほどだった。クザーノは涙を堪えるのに苦労したけれど、鼻は赤らんでいた。話が始まるのに、ずいぶん時間がかかった。チキンを三分の二ほど食べた頃に、ようやく母が話を切り出した。誰々が結婚した。誰々がこんな商売を始めた。どこのお爺さんが癌《がん》で亡くなった。クザーノがしくじったのは皆分かっていたので、東京の話は何も訊かれなかった。食事を終えると、片づけを少し手伝い、部屋に戻るときに、父に軽く抱かれ、背中を叩かれた。ふたりとも何も言わなかった。部屋に戻ると、クザーノは荷解きもせずに眠ってしまった。

朝、故郷は黄土色をして乾いていた。朝食は、懐かしいいつもの料理だった。クザーノは煙草屋に行って、葉巻を買った。葉巻はくつろぎの象徴だった。煙草はもうやめた。あんた、帰ってきたのねえ、まあ、葉巻の銘柄はそんなにないけれど、置いてるのは全部良いものだよ、あんたにはこれをおすすめするね、安いのが欲しかったらこれだよ。クザーノは両方を買った。そうして家に帰ると、部屋の窓を開けておすすめの方をふかしてみた。乾いた木のような匂いは、久しぶりに見る砂漠にとてもよく似合った。

3

故郷で一年を過ごすうちに、クザーノは甲一と同じ思いにとらわれるようになった。それは甲一に対する執着でもあった。砂漠の向こうばかり見て、葉巻を喫った。そのうちに、とうとう衝動が抑えられなくなった。クザーノはあらゆる用意を整えて、家族には内緒に、こっそりと砂漠へ旅立った。らくだ牧場の花田のおっちゃんは、家族に責められるだろうか。けれども、旅人を助けるのもらくだ牧場の商売のはずだ。といって砂漠に旅立ったのは、甲一とクザーノだけのはずなのだけれど。

広い砂漠は太陽に照り映えた。クザーノはあまりに長い旅の中で、ジリジリと灼かれ続け、とうとう、らくだのカサンドルの牽く荷車に倒れ込んだ。カサンドルはそのまま休まず歩き続けた。やがて、クザーノは見たこともない町に辿り着いた。町の人々は、喜んでクザーノを迎えた。

クザーノが回復すると、早速仕事を紹介された。『蹄鉄亭』という家族経営のレストランだった。飲食店で働くのはたぶん二年ぶりくらいだったけれど、クザーノは実によく働いた。店主の宗之さんと、奥さんの洋子さんにもすっかり気に入られた。気の弱い息子の浩之君も、クザーノに一目置くようになった。しかしそれ以上に、誰よりもクザーノを気に入ったのは、娘の由実さんだった。クザーノもそれに負けないくらい、由実さんのことを気に入った。クザーノは住み込みで働いていて、ふたりの部屋は近かったし、ふたりの行き来に文句をつける者は誰もいなかった。誰もが、なるようになることを予想していて、事実そのとおりになった。

生まれたのは男の子だった。名付け親も祖父ならば、あだ名をつけたのも祖父だった。クザーノの息子はコイーバと呼ばれた。クザーノの住んでいた部屋がコイーバの部屋になり、飛行機の模様の壁紙が貼られた。由実の部屋が広かったので、そこが夫婦の部屋になった。二階まで、大きなベッドが運び込まれた。由実は葉巻のにおいを気にしたので、クザーノは店が閉まってから、暗い喫煙席で葉巻を喫うようになった。ひとつきりのランプに照らされた煙が、一日の疲れとともにふわりと立ち昇って、美しかった。

コイーバはすくすくと育った。威張り散らさないけれど、気は強い。クザーノによく似た性格に育った。違ったのは、クザーノよりも友達作りに熱心だったことと、父親を熱烈に愛しているということだった。クザーノは町では半分英雄扱いのようなものだったから、それも頷ける話ではあった。母もコイーバを熱烈に愛したけれど、コイーバにとっては、母の胸の中は心の底から安心すると同時に、その甘い匂いは少し鬱陶《うっとう》しくもあった。母はコイーバを何か自分の思うかたちに整えようとやっきになっていたからだ。母は明らかに父の最も美しい特質を、コイーバに持たせないように骨折っていた。コイーバはそれに逆らうように、ますます奔放《ほんぽう》になった。

父もひとりの人間だ。それなりの悪癖も持っている。父は母の言うことにはなんでも同意したけれど、それが自分の思うところと違っていた場合、従いながらも皮肉をこぼした。

「あんながらくた、いつまでも置いておかないで。うちは六人家族なのよ」

母ががらくたと言ったのは、父が旅をするときに使ったさまざまな道具だった。凹んだ小さな薬缶。茶色いヤニの付いたランタン。あの可愛いカサンドルの餌《えさ》が入っていた革のウェストポーチ。大きなギザギザのついたナイフ。これらは、コイーバの目にも輝いて見える宝物だった。ときどき父にお願いして、触らせてもらっていた。

「わかった。どうにかするよ」

父は、そこから言葉をこう継ぐ。

「君にとって、俺がこの町に来たことなんて、どうでもいいことだろうからね」

そう言うと、母は顔を真っ赤にして立ち尽くし、父を睨《にら》んだまま涙をぽろぽろとこぼした。

「悪かったよ」

父が肩を抱こうとすると、母はプイと後ろを向いて、レストランに降りていった。今日は休業日で、がらんとした客席は、薄く油を塗った夏休みの教室だ。階段を降りてすぐそこの席に、母は坐った。

クザーノの存在が、彼女にとってどうでも良い存在であるわけがない。それを知っていてクザーノは皮肉を言うのだ。愛されていると知っているから言える皮肉だ。そう考えると、憎らしさがいや増した。彼女はペイズリー柄の派手なハンカチで涙を拭《ぬぐ》った。クザーノは旅をしてこの町に現われた自分の魅力を知っている。爽やかで、でもどこか後ろ暗いところがある魅力を。

　彼女にとって、旅から現われるのと、旅に出ることは真逆の意味を持っていた。旅から現われるのは新しい家族に収まること。旅に出ることは家族を捨てることだ。『蹄鉄亭』という堅固で温かい場所で育った由実は、人のあらゆる行動を、どこかに収まるための階《かい》梯《てい》だと考えていた。旅は古い居場所を捨て、新しい居場所を得ることだ。旅そのものは、想像の中で輝く映画のようなものだった。広い砂漠、日差しを受ける身体、力強い足取り。そんな魅力が香る映画の奥には、捨てられた家族という陰惨なものがある。

　彼女はもと文学少女らしい持ち前の想像力で、かつてのクザーノの家族について考えた。クザーノに直接訊く勇気は、とてもない。嫌な人たち、というのは不思議と想像できなかった。死と隣り合わせの旅に、快く送り出す人たちも想像できなかった。ちょっと太ったお義母さんの焼く、くるみパンの匂い、木こりか何かをしている、筋肉質だけどお腹は出ているお義父さんが仕事で掻《か》いた汗。クザーノは木こりを継ぐはずだったのだ。お義母さんはリビングにもわりと広がる汗と木のにおいが倍になったことを喜んだ。お義父さんと共にクザーノは出かける。湿った森で斧《おの》を振るう。木がメリメリと音を立てて倒れる。いいぞ、その調子だ。もうすぐお前も一人前だ。照れるクザーノが愉らしい。家に帰ってお義父さんは言う。こいつは、もう大した仕事仲間だよ。お義母さんが、丸い顔でにっこりと笑う。クザーノは赤い頬をして俯く。それがある日何故か、旅に惹かれる。映画か何かを観たのだ。馬に乗って荒野に去って行く男の背中を観たのだ。森の柔らかい土に足を踏ん張って、斧を振るうことが急につまらなくなった。クザーノは真っ白な太陽に導かれて、死の旅に出る。すべてを捨てて。ウェイターの仕事は木こりよりも楽しいのかしら。でもダメだわ。違うわ。だってクザーノの手のひらは柔らかい。彼は木こりじゃない。全部やり直し。由実は赤い目をしたまま、階段の上の声に耳を傾け、再び想像の世界へと入っていった。

「これ、ぜんぶ捨てちゃうの？」

コイーバが麻のシャツの裾《すそ》を摑んでそう言うと、父はおとがいに人差し指を当てて、しばらく考えて言った。

「これは父さんのものだから、捨てようと捨てまいと父さんの自由だ。けれども、コイーバはこれが捨てられるのがイヤなんだね」

コイーバはうんうんと頷いた。

「じゃあ、これは全部コイーバにあげよう。ただし母さんとのお約束どおり、おもちゃ箱に仕舞いきれないほどのおもちゃは持ってはいけないよ。父さんの道具はたくさんあるけれど、それでもいいのかい？」

コイーバは力強く頷いた。父の宝物を守るためなら、伯父さんに買ってもらった木の車とか機関車を、友達の弟にやっても良いと思っていた。

「そうか、コイーバは優しいな」

父はそう言って、コイーバの頭を撫でた。コイーバは車と機関車を犠牲にして、父の恩人になった。コイーバは嬉しかったけれど、さっき母に皮肉を言ったときの父の卑屈《ひくつ》な表情を忘れてはいなかった。

一緒に外へ遊びに行ったりするとき、父は甲一さんという昔の友達のことをよく聞かせてくれた。父と同じ町に住んでいて、父よりもずっと先に旅に出たのだという。そうして、今どこにいるかは分からない。けれども、賢い人だからきっと生きている、と。カサンドルのブラッシングをしながら、そんなことを教えてくれた。コイーバは父と一緒にいるとき、次々と甲一の話をせがむようになった。父は母のいないときだけ、甲一の話を聞かせてくれた。コイーバは父が腕力で甲一を助けた話よりも、甲一が機転を利かせて父を救った話の方が好きだった。コイーバは父よりも甲一にあこがれるようになった。甲一さん、お父さんよりもすごい人。

石川さんから、カサンドルに子供が産まれるということを教えてもらった。コイーバは飛び上がって喜んだ。父も、目をきらきらと輝かせていた。父はコイーバを抱き上げた。

「カサンドルがいなかったら、父さんは死んでいた。そうなると、お前もいなかったんだぞ。カサンドルの子供は、お前の兄弟みたいなもんだ！」

コイーバは父の言葉に感激した。兄弟ができるんだ。うんと可愛がってやらなきゃいけない。ペレットも、僕がいちばん食べさせてやるんだ。カサンドルの子供が大きくなる頃には、僕だって大きくなっている。そうしたら僕は背中に乗って、どこへでも行けるようになる。隊商の人たちと混じって、旅行に行くことも許してもらえるかもしれない。いや、もっとものすごい旅もできるようになるかもしれない。父さんのような。いや、甲一さんのような！

その夜、コイーバはあまりにわくわくして、遅くなるまで眠れなかった。寝不足のまま母にたたき起こされて、レストランに降りると、家族全員でまかないを食べた。黄色い凹凸ガラスに朝日が当たって、きらきらと眩しい。でも眩しいのは朝だけだから、よその店みたいにブラインドのカーテンはかけられていない。黄色い光に照らされた肉団子を食べながら、これは伯父さんが作ったものだと分かった。肉団子に刻んだ人参を入れるのは伯父さんだからだ。ステーキに添えられる甘い人参は苦手だけれど、小さく刻んだのは平気だ。伯父さんはコイーバのそういう好みをよく知っているのだ。

「美味しいよ伯父さん」

まかないについて、これはどんな味で、他にどんな工夫ができるかなんていうのは大人の話で、コイーバは混ざってはいけないことになっていた。けれどもコイーバは思い切ってそう言った。生意気だと怒られるかもしれなかったけれど、人参が入っているのに美味しいのはすごいことなのだ。

「そうかい」

伯父さんは、照れたように笑った。顔の細い伯父さんは、若いのに細い皺《しわ》が縦に刻まれていて、それが少し深くなるのが見えた。横から朝日を浴びているから、それがよく分かるのだ。コイーバは結局怒られずに済んだ。コイーバに続いて、祖父も伯父さんを褒《ほ》めたからだ。

I

クザーノの父のこととなると、大変な仕事だ。時代を遡《さかのぼ》るほど、神経を研ぎ澄まさなければならない。よく目を見開いて、正確を期《き》さなければならない。

クザーノの父は小さい頃からラモンと呼ばれていて、これも由来は分からない。友人のひとりは、偉い人が来る学校の催《もよお》し物で『羅生門』を良い声でひとり朗々と読んだから、それを略してラモンだ、というようなことを言っていたけれど、これは酒の席の与太話《よたばなし》に過ぎないもので、はっきりしない。

ともかくラモンは、学校を出るとすぐに町役場の職に就いた。町の世話を焼く仕事だ。それに慣れるにつれて、小さい頃からずっと見慣れていたはずの町の景色が、さまざまな意味を備えていくのに驚いた。鉱山へ続く砂利道は、学校へ行くときに目の端に映る、なんでもない灰色だったのが、何十人もの人間が早朝、ぞろぞろと砂利を踏み、大きな穴ぐらに汗と命を捧げていくための神聖な道に変わった。

町が管理する樹木の種類も覚えた。ハクモクレン、キンモクセイ、イチョウくらいは知っていたけれど、公共のグラウンドを囲んで、空を泳ぐようにうねっている、年中青いあの木がイブキと呼ばれていたり、また灌木についても覚えることがあった。ツツジくらいは知っていたけれど、小さな葉っぱを裂かずにひっくり返す遊びを、小さい頃女の子とやっていて、それを友達にからかわれたこともあった、あれがマメツゲと呼ばれているのは知らなかった。

子供もなく、仕事をしている様子もなく、毎日喫茶店で新聞を開いて難しい顔をしているお爺さんや、あてもなく町をさまよっているようにしか見えない、やはり親族のいないお婆さん。彼らがどこに住んでいて、どんな生活を持っているのかも知った。自分に生活があるように、風景に過ぎない彼らにも生活があるなんて、学生時代には想像もしないことだった。

風景が質量を持つと、それに関わり、支えている自分の仕事が誇らしくなった。ラモンは誇りを胸の中に膨らませて、それを決して外には出さず、ただ道を蹴るための推進力に変えた。

ラモンは鉱山《こうざん》労働者たちを尊敬していたけれど、彼らと必要以上に仲良くなったりはしなかったし、また必要以上に冷たく接することもなかった。役場から持ってきた白いヘルメットを被ると妙に気持ちが高揚《こうよう》したけれど、その高まりを適度なものに抑え込むことも心得た。ラモンにとって重要なのは、環境調査会社が提出する数字と、その推移だった。粉塵《ふんじん》の濃度が閾値《いきち》を超えそうになるとラモンはそれを上司に報告し、環境調査会社と鉱山経営者を交えて喫茶店で会談をもったりした。結局鉱山の空調装置が一新されることになり、それはラモンの功績だった。おかげさんで涼しくなったよ。ラモンが何をしたかを知っている鉱山労働者が、そんなふうに声をかけてきたりした。ラモンは顔を赤くしないよう気をしっかり保って、これが私の仕事ですから、と答えた。そうかい、そりゃどうもだなあ。鉱山労働者はつまらなそうに、錆びた赤いバケツに吸い殻を放り込んで、喫煙所を立ち去った。これでいいのだとラモンは思った。

樹木を保つ仕事には神経を使った。もちろん町の植木屋に協力を得ての仕事だったけれど、植木屋の提言する手入れの頻度を、その通りに実行したら予算を超えてしまう。しかし枯らしてしまっては元も子もない。そもそも、この乾いた土地に相応《ふさわ》しくない樹木を、何代か前の町内会議で決定して植えたのだ。俺の曾祖父《ひいじい》さんは大反対したといつも言ってますがね、だからこんな有様になってる、だからうちが金儲けをしたくて手入れさせろと言ってるんじゃないんだよ、そこは分かっといてもらわないと困る。植木屋は役場に来る度にそんなことを言った。ラモンはただ、そうですねと答えた。自分とは関係のない時代に決められた事柄で問題が起きていても、それは自分の責任のような気がするのだった。それだけラモンは町役場との自己同一化を果たしていた。ラモンは書類に向かいながら、誇りがほころぶ情けなさを煙とともに吐き出した。

職場では紙巻き煙草を喫い、家では父から教わったパイプを喫った。死んだ祖父が使っていた、色も形も良いパイプだった。祖父が使っていた揺り椅子に坐り、パイプをくゆらせた。天井を眺めながら歴史を喫い、吐き出した。そんなラモンを見た父は、俺より年寄りみたいだぞと言って笑った。その父も肝硬変《かんこうへん》で早くに死んでしまった。残された母をラモンはとても大事にした。役場の給料で新しいミシンやひとり掛けのソファを買ってやったりした。

しかし母もやはり早くに癌で死んだ。一人っ子だったラモンは、広い家にひとり取り残された。ラモンは揺り椅子をリビングに移動させ、広い空間に煙を吐くようになり、その味を知った。

二か月おきに、役所が世話している老人や障害者を訪ねるのは、ふたりの先輩と手分けしての仕事だった。ラモンはある老婆の家を訪問した。

こぢんまりとした、まるで背の曲がった老婆のために作られたような、何もかもが小さな家だった。中に入ると、長い人生を煮込んだような、甘いにおいがした。ビーズのれんを潜って、部屋に入った。棚の上には古い家族写真と、目覚まし時計、折り紙の鶴、紺色の塗料でうさぎが描かれた皿が飾られていた。らくだ色の電気毛布がはみ出ているベッドがあった。緑色の冷蔵庫、くすんだ銀色のオーブントースター。どれも、埃を被っているものはひとつもなかった。ただ、柱の釘《くぎ》にぶら下がった日めくりカレンダーは、正しい日付を示している日と、そうでない日があった。ラモンは、部屋には不釣り合いなほど大きなテーブルで、お婆さんと向かい合った。千代《ちよ》さんがねえ、よくしてくれてねえ、ほんとにねえ。お婆さんが自分からする話は、昔の話と自分の病気、そしてヘルパーの千代さんの話だった。ラモンが暮らしぶりのことを訊くと、必ず病気の話になって、その他のことは細かく尋ねない限り分からなかった。このお婆さんにとっては、病気こそが生活なのだった。ちゃんとご飯は食べられているか。病院の薬はちゃんと飲んでいるか。ラモンはそんなことをひとととおり訊いてからノートにメモをとり、小さな家を出た。

ラモンはヘルパーの千代さんと、よく喫茶店で話し合いの場を設けた。誰々さんは、生活のほとんどを自分でこなしているのでありがたい。誰々さんはそろそろ施設に入った方が良いのではないか。そんな話をしながら、ラモンは無意識に千代さんを観察していた。眉《まゆ》が小さく、研ぎ澄まされたような一重の目が、ふとした瞬間に意外な愛嬌《あいきょう》を見せる。ラモンは今まで生きてきて、ほとんど冒険というものをしたことがない。仕事中に、休日の話をするのはとても大きな冒険だった。それも千代さんを誘って劇を観に行くなんて話は。千代さんは驚いている表情をまったく隠そうとしなかった。その驚きの表情のまま、ありがとうございます、楽しみにしています、と言ったものだから、ラモンは一瞬、提案が受け入れられたのか、断られたのかも分からないほどだった。

劇というのは、遠くの大きな町にある劇団の興行で、たいしたものだった。特にラモンには剣戟《けんげき》のシーンがとても素晴らしく思われて、レストランでその話を熱心に語った。千代さんは大した感想は言わず、ただラモンの話すのを見ているという様子だった。ラモンは劇の話をしながらも、千代さんが退屈していないかをできる限り観察しようと努めていたけれど、自分が話すことの情熱にやや流されていた。けれどもこの場は、それで良かったのだ。半年後、ふたりは結婚した。

結婚すると、ラモンの方は徐々に寡黙《かもく》になり、千代さんは逆に饒舌《じょうぜつ》になっていった。更に一年が経ち、男の子が生まれた。もう二年経って、女の子が生まれた。ふたりとも大きな病気もせずに、よく育った。

ラモンは役場で責任ある地位につき、その威厳をそのまま家に持ち帰った。リビングの揺り椅子は、子供が上ると危ないので夫婦の部屋に移動させていた。ラモンは立ち働く妻を眺めながら、食卓の椅子でパイプを喫った。広い家は幸福に包まれていた。息子は父が思っていたよりもずっと力強く奔放に育ち、娘は妻よりも鋭い印象を持つ美人に育った。大きくなると、息子は近所の金物屋に、娘はレストランのウェイトレスになった。ラモンにとっては町が生活の場のすべてで、そこで丹念に誇りを磨き、自分の身の回りのものを良くしようと努めた。

ところがある日、息子が東京に行くと言い出した。日常にとつぜん町の外が現われたので、ラモンは極めて静かに、しかし焦った。自分の修行不足を痛感した。男にとって冒険は美徳だとラモンは思っている。ただ、ラモンには殆ど経験のない美徳だった。あこがれも殆どなかったけれど、かつて冒険にあこがれを持つ同級生たちのその輝く目に、小さな嫉妬を覚えたこともあった。それはあこがれに対するあこがれだった。ラモンは自分の胸の中で、息子に対する嫉妬心が膨らむのを感じた。しかし誇りというものをじっくりと長年かけて育ててきたラモンにとって、それを抑え込むことは難しいことではなかった。ラモンは徹底して、良き父であることを自分に課した。良き父は冒険しようとする息子を力強く送り出さねばならない。そうしてラモンは、そのとおりにした。

ところが三年経つと、息子が町に帰ってきた。ラモンは肩すかしを喰らわされたような気持ちになりながらも、どこかほっとしていた。東京で犯したらしい酷い失敗も、決して息子の人生を損ねることにはならないと思っていた。ラモンが今まで生きてきた時間の中で、無駄なことは何ひとつなかったと確信していたから、息子にとってもそれはきっと同じことなのだと考えた。帰ってきた息子を抱くと、坑道のように深い疲労がじんわりと皮《ひ》膚《ふ》に沁み通ってきた。ラモンは息子を休ませる必要を感じた。

ラモンが促したとおり、息子はたっぷりと深い休養を取った。息子は葉巻を喫った。ラモンはそれで良いと思った。きっと自分の使っているパイプは、孫に譲ることになるのだろう。ラモンはパイプの喫い方を父親から教えてもらったのだけれど、孫には自分が教えてやりたいと思っていた。自分は使い捨てのコーンパイプでも喫いながら、大きくなった孫は見様見真似で同じことをするのだ。それはラモンの小さな夢だった。

息子が帰ってきて一年が経った。息子は相変わらず休み続けていた。もう頃合いだろうとラモンは思った。息子はまたあの金物屋で働くだろうか。いや、あそこは去年引っ越してきた家の息子が後釜に収まったはずだ。役場に勤めている自分は町のさまざまな職業に通じている。植木屋の見習いに出してやってもいい。そんなことを考えていると、息子がある日突然、ガレージでがちゃがちゃと何かをやり出した。息子が出かけてからこっそり覗いてみると、スクラップ置き場からでも拾ってきたのだろう、古い荷車が置いてあった。他にもこまごまとした道具が並べられていた。小さな薬缶やらランタンやら、荷車の持ち手にかけられた革のウェストポーチやら。商売でも始めようとしているのだろうとラモンは考えた。そうして楽しみにしていると、ある日突然息子が消えた。

その翌日、同級生の花田という男がやってきた。息子をよく可愛がってくれた男だった。花田は、目を真っ赤にして震えながら言った。俺だよ、俺があの子にらくだを売ったんだ。ラモンは思わずふっとパイプを吹いた。火の点いた刻み煙草が玄関先に散らばって、花田のオーバーオールに小さな焦げをつけた。

2

信じられないほど長い旅だった。ラモンの息子クザーノは、太陽に炙《あぶ》られ、砂漠の風に削られた。それでもとうとう半死半生で、未知の町に辿り着いた。クザーノは身体を回復させると、早速『蹄鉄亭』という家族経営のレストランのウェイターになって働き、そこの娘と結婚した。父も母も妹も置いてきた、どこか後ろめたい幸せだった。その後ろめたさを、クザーノは葉巻の煙にして吐き出した。店の二階にある、住み込みの部屋の窓を開けて。

クザーノは町の新参者だったけれど、そもそも人の出入りが多い町でもあって、友達はすぐにできた。なかでも、仕入れ業者で働いている甲一という男とは、まるで十年来の親友のように仲良くなった。

「なあ兄ィ」

ひとつ下なだけなのに、甲一はクザーノをそんなふうに呼んで慕った。クザーノも、この活発な青年を好きになった。レストランが休みの日には、甲一と喫茶店にでかけて、クザーノは旅の話を教え、甲一は町の話を教えてくれた。良い葉巻を仕入れている店があることを知ったのも、甲一のおかげだ。ここは大きな隊商が通る町で、たくさんの商品を置いていくものだから、あらゆる商店がひしめきあっているのだった。その商品も、品質の良いものはコネや金を持った店に流れていくから、店の見極めは重要だった。しかし町の人々の中でも、煙草屋となるとその考え方は千差万別で、みんなそれぞれ贔屓《ひいき》の煙草屋を持っていた。

「兄ィ、葉巻なら『赤城屋』に限るよ。紙巻きは適当に並べてるだけだけど、葉巻はすごい。種類が多いし、品質管理もしっかりしてる。俺は煙草も葉巻もやらないけれど、叔父さんが葉巻党だから小さい頃によく連れて行かれて、うんちくも聞かされて、すっかり知ってんのさ」

クザーノは甲一と一緒にその煙草屋に行った。奥行きのある広い店で、アクリルケースの中に山ほど葉巻が並べられていた。ケースにはみんな湿度計がついていた。故郷のおばちゃんがやっていた煙草屋はどうなっていたのだろう。あの煙草屋は、おばちゃんが顔を出す窓口があるだけで、奥がどうなっているのかはよく分からなかった。

「この匂い、俺も好きなんだ。喫わないけど、好きなんだ。いっぺんやってみたけど、うまくふかせなくてむせちゃって、俺には合わないらしいのよ」

東京から出戻ったとき、煙草屋のおばちゃんは、おすすめの葉巻と安葉巻をふたつ出してきた。あの一年は、安葉巻ばかり喫っていた。店内を見て回っていると、同じ銘柄のものを見つけたのでクザーノは驚いた。クザーノは死にかけながら砂漠を渡ることで、初めてこの町を知ったし、この町の人も、南の砂漠の向こうに町があることを初めて知った。

しかし葉巻は、遠くの国で作られた葉巻は、どちらの町にも同じ物が当たり前のようにしてある。どこかで遠くで、うんと遠くでふたつの町は繋がっている。人から人の手に渡っていく葉巻は、それを知っている……。

「それが兄ィのかい？」

「飽きるほど喫ったやつだ」

クザーノは箱を棚に戻した。あの安葉巻は、あの空っぽの一年の象徴でもあった。クザーノは故郷で、身体の奥に沁み込んだ水はともかく、皮膚だけは、一年をかけて乾かしたのだ。その手伝いをした葉巻だった。今のクザーノには、もう必要ないものだ。

「これだよ、俺のは」

結局クザーノは、アクリルケースの中に入っている二十五本入りの葉巻を買った。あの故郷の煙草屋のおばちゃんが、おすすめしてくれた葉巻だった。

クザーノが好きに出歩いているのだから、もちろん今日は『蹄鉄亭』の定休日だ。黄色い凹凸ガラスの明かりが差す喫煙席で、クザーノはゆったりと葉巻を喫った。二階にはもうお腹が大きくなった妻がいる。煙には触れさせられないし、そもそも妻は葉巻の煙が嫌いだ。八か月を過ぎても妻はホールに出たがっていたけれど、クザーノも家族もそれを止めた。階段も危ないということで、クザーノと義理の父、それに甲一も手伝って手すりを付けた。よくよくやすりをかけて、何度もニスを塗り、ごつい金具と太いネジで取り付けた、手触りの良い、立派で頑丈な手すりになった。クザーノが義理の父に礼を言うと、彼はまぶたの重そうな目で、クザーノを軽く睨《にら》んだ。

「俺の娘で、俺の孫だ」

そう言って、肩をばんばん叩いた。

「そうですね、そりゃあそうです」

妻は母親に編み物を教わっているところだった。妻は揺り椅子に坐って、丸い指が不器用に編み針を動かしていた。

「こういうことは、もっと早くに教えてやれば良かったね。もともと不器用な子だから。私が教えたのは店のことばかりだったしねえ」

そう言って、義理の母は笑った。妻はそんな言葉には頓着《とんちゃく》せずに、一生懸命穴に毛糸を通そうと奮闘《ふんとう》している。

「あまりこんをつめちゃダメよ。息抜き程度にするの。肩が凝《こ》る前に散歩に出るのよ」

しばらくクザーノは椅子に反対向きに坐って妻の編み物を眺めていた。本当に不器用な子だなと思って笑うと、睨まれた。その顔が少し義理の父に似ていて、おかしかった。しばらくしてふたり、散歩に出た。身重の妻とゆっくり歩くのは気を遣ったけれど、そういうちょっとしたことが愛おしさに繋がった。

少し歩いて、紅茶の専門店に入った。大きな窓ガラスにベージュのスクリーンが降りた、明るい店だった。テーブルの上に、スクリーンの隙間から漏《も》れる光が筋を描いた。妻はデカフェのピーチティー。隊商の交通路だけあって、紅茶の種類は豊富だった。どこどこ農園のダージリン、ファーストフラッシュ、セカンドフラッシュ。クザーノは紅茶も好きだったけれど、きちんと味わうには二日は葉巻を抜く必要があった。さっき喫ってきたばかりだから、味の濃いディンブラを頼んだ。

「砂漠の向こうからやってきたあなたと結婚して、その子供を産むのって、なんだかおとぎ話みたいね。何か、そう、寓話ね……」

こちらまで甘い香りが届くピーチティーを飲みながら、妻が言った。クザーノはカップの端でスプーンの茶滴を落としながら尋ねた。

「どんな意味があると思う?」

「流れ星とか、願い事とか」

それが答になっているのかどうか、クザーノには分からなかった。けれども、分からなくても良いのだ。俺は砂漠で灼かれながら突き抜けた流れ星だ。カサンドルも流れ星だ。この町は夜で、窓を眺めて願い事をしていたのが妻なのだ。そんなことを思って紅茶を飲んだ。キャラメルのような甘い香り。葉巻の後味の中に、強いコクが平面的に拡がった。

クザーノは出産に立ち会った。無理するな、なんてとても言えないから、右の人さし指を握らせて、それを左手で包んで、頑張れ、頑張れ、と言って妻の名を呼んだ。頑張っているのは分かっているのに、それくらいしか言えることがない。頑張ってるわよ、頑張ってるのにそれしか言えないの、この馬鹿、ボケナス、あんたが苦しんでよ、なんで私ひとりなのよ、あんたが苦しんでよ、なんで私だけ、いつだって私ひとりだけなのよ、あんたは私のことほったらかしにするのよ、あんたはとびっきりのクズだから！　汗を流す妻の、真っ赤な頬に貼り付いた髪がもの凄く、子供が産まれるということの熱気にクザーノは朦《もう》朧《ろう》とした。部屋の消毒液のにおいが、汗と血のにおいに塗り替えられていく。激しい呼吸音と、助産師が妻を励ます声が部屋に響いた。クザーノはとうとう、握った手に額を当てて祈る他はなくなった。あまりにも激しい世界に、取り残されたような気持ちだった。しかしそのままその底に沈んでいるわけにはいかない。妻は頑張っているのだ。俺は祈らなければならない。

「頑張れ！　もうすぐだぞ！」

「もうちょっとかかりますよ！」

助産師に釘をさされた。もうとうとう、本当に祈ることしかできなくなった。神様、すべてことともなく、うまく行きますように。具体的な祈りなど、とても出てこなかった。けれども、ただ祈った。

そうして、子供が産まれるというその瞬間、妻は握っていたクザーノの指をへし折った。激痛と感動が、クザーノの背筋から脳天へ昇った。生命を凝縮《ぎょうしゅく》したように赤くしぼんだ血まみれの子供が産まれ、助産師に取り上げられた。

「男の子ですねえ」

助産師の声が、頭の中でぼわぼわと反響して、クザーノはくらくらした。由実の子供。俺の子供。俺と由実の子供。すべて違う意味を持っていて、それがどんどん入れ違いになってクザーノの頭を巡った。

「よく頑張ったな」

妻は汗だくのまま、茫然《ぼうぜん》としている。それでも、返事はしてくれた。

「ん」

握られていた指が、するりと抜けた。クザーノは折れた指を無意識にさすった。

「指、折れましたか」

看護師が、指の腫《は》れ上がっているのを目ざとく見つけた。

「そうかもしれません」

真っ赤な塊が産湯を使うのを名残惜しく眺めながら、クザーノは処置室へ連れて行かれた。せめて妻が初めて息子を抱く瞬間を見たかったのだけれど、看護師に促されると、少し待ってくださいということが出てこなかった。それだけ朦朧としていたのだった。

子供の名付け親は義理の父だった。クザーノはテーピングで固められた右の人さし指を、左の中指で掻きながら、ガラス窓の向こうの我が子を眺めた。たくさん並ぶ小さなベッドの中の赤ん坊を、この中でいちばん可愛いのだと思い込もうと努力した。ムクムクと動く梅干しのような小さな命の塊を。俺の息子。由実の息子。俺と由実の息子。

「頑張ってくれてありがとう」

クザーノは指が折れていない方の手で、妻の肩を抱いた。

「ん」

柔らかく返事をして、妻はクザーノの肩に頭を寄せた。

退院して、二階にミルクの匂いが立ちこめるようになると、クザーノの努力は必要なくなった。息子は天使の羽のような和毛《にこげ》と、真っ白な肌の中に、妻そっくりなくりくりした目を持った、とても可愛らしい子供に育っていた。クザーノも指の骨折が治って、ようやく息子を抱くことができた。ふにゃふにゃと、支えていないところからこぼれ落ちてしまいそうに柔らかく、特に頭の柔らかさが強く思われた。クザーノは左腕ですっぽりと息子を包むように抱くことを覚えた。

息子はすくすくと育った。首もすわって、子供らしい柔軟な丈夫さをみせるようになってきた。そのうちに、彼はコイーバと呼ばれるようになった。コイーバは甲一がプレゼントしてくれたテディベアがお気に入りで、ハイハイしながらそのお腹に頭から突っ込んでいくのが好きだった。両親はそれを見てひやひやしていたが、うっかり壁に突っ込んでいくということもなく、それが将来の要領のよさを思わせた。

「いや兄ィ、子供ってのは本当に可愛いなあ。俺も欲しくなってきた」

「お前はその前に相手だろ」

「そりゃまあ、そうなんだけどさあ。いやあ、可愛いよコイーバは。他の子より可愛い」

甲一は『蹄鉄亭』の二階にしょっちゅう遊びに来るようになった。その間クザーノは一階で立ち働いているから、コイーバはクザーノよりも甲一に懐《なつ》くようになった。クザーノは少し嫉妬したけれども、甲一は甲一で可愛い弟分だったから、それはそれで可愛くまとまっているのかもしれない、などと考えたりもした。レストランの定休日には、コイーバを連れて町に出かけた。そういうときは、甲一は気を遣っているのか、遊びには来なかった。

3

この町にはコネチカットという飲み物がある。アメリカのコネチカット州とは関係ないらしい。グレープフルーツから苦みを抜いたような、さわやかな飲み物で『蹄鉄亭』のメニューにもちゃんとある。町を西に出たところに農園があって、そこで育てられている、やはりコネチカットというふた抱えもある太い木の幹に傷をつけると、そこからさらさらした樹液が飛び出す。それをバケツで受け止める、それがコネチカットだ。放っておけばいくらでも出てくるから、バケツがいっぱいになると、木屑を混ぜた特殊な粘土でフタをする。

「これがよ、酒になったんだァ。これがよ」

そんな話をするお爺さんが、よく『蹄鉄亭』に姿を現わした。よくよく着古した柔らかそうなフランネルのジャケットを羽織り、目の細かいパナマハットを脱いだ頭はきれいに禿げ上がっていた。

「コネチカットはな、酒になったんだよ」

ウィスキーのコネチカット割りを掲げて、ぶつぶつとそんなことを言っている。よせばいいのに、それに酒好きの甲一が絡む。

「酒になったって、それもう酒じゃんか」

甲一が尋ねると、お爺さんは答えた。

「ホールって花だ。それが要る」

「そんな花聞いたことないよ」

「昔はあった。今は」

お爺さんはごつごつした震える手で、黄色い凹凸ガラスの向こうを指さした。

「北の砂漠の向こうだ」

北の砂漠の向こう、というのは冗談によく使われた。

「おいお前、あの娘《こ》をどこに置いてきた？」

「北の砂漠の向こうさァ」

昔はただ、砂漠の向こう、で良かったのだけれど、南の砂漠からはクザーノがやってきたから、冗談になるような未踏の砂漠は北だった。

「なんだ冗談で言ってんのかよ」

「冗談じゃない。昔は地図がしっかりしていなかったから、小さな隊商が北の砂漠の向こうに迷い込むことがあった。そのとき、行商人が戯《たわむ》れに摘んで帰ったのがホールだ。それをどうしたわけかコネチカットに漬けておいた。そうするとコネチカットが酒になった。みんな喜んでそれを飲んだ。商売女の流し目みたいな甘ったるい匂いは、それだけでくらくらした。そうしてひとくち飲むと、まるで沁み込むみたいに喉に滑り込んでいく。鼻先をナッツみたいな香りがツンと突く。あんな素晴らしい酒はない。こんなウィスキー割りなんて、あれと比べればただの小便だ。ホールの花は、何度もコネチカットに浸された。そのうちに白い花びらは、ベロベロの茶色い痰《たん》みたいなものに変わっていった。そうしてとうとう、ホールは酒を造らなくなった。すべての花が酒に変わるまで、お祭り騒ぎが続いた。ほんの半月ほどで終わってしまったが」

お爺さんは長い時間をかけて、ざっとこれだけの話をした。甲一はウィスキーのコーラ割りを飲みながら、根気よくそれを聞いていた。

「そんなら植えて増やせば良かったのに」

「あのとき、皆にそんな分別があれば、今頃この町は天国だったろうなあ。こんなにせ酒を飲んで迎えを待つことはなかったよ。後悔してもしきれんが、あのときはひとり残らず酔っていた。誰も正気じゃなかった」

甲一はお爺さんから聞いたこの話を、すっかりクザーノに話した。

「兄ィが旅したみたいに、俺にもそのときがやってきたんだ」

クザーノは必死で甲一を止めようとした。あんな与太話に命を懸《か》けるのは馬鹿げている。しかし隊商から何種類も地図を買ってそれを突き合わせたり、家族からお金を借りて隙のない準備を着々と進める甲一を見ていると、自分のあの発作的な旅とは比べものにならない大きな計画のように見えてきて、何も言えなくなってきた。甲一は隊商から小さな幌付きの荷車を買って、食糧をどっさり詰め込んだ。クザーノの荷車より、よほど立派だった。

「俺は天涯孤独だからさ、こういうことができるんだよ」

甲一がそう言うと、クザーノは故郷の家族を思い出して後ろめたい気持ちになった。

「誰だって旅はできるさ」

「兄ィは駄目だよ。由実さんもコイーバもいるんだから」

甲一は荷車に道具を詰め込みながらそう言うと、コイーバは父の麻のシャツの裾をぎゅっと握った。

「お父さん、どこにも行かない?」

「どこにも行かないよ」

クザーノはそう言って我が子の頭を撫でた。その瞬間、すぐそこにいる甲一の存在がぐんと遠のいた気がして、クザーノは背筋が寒くなった。

「甲一おじちゃんはどこかに行っちゃうの?」

「ああ。でもきっと帰ってくるよ」

「兄ィ、そこは必ずと言ってくれよ。心細いだろ」

そう言って甲一は快活に笑った。

甲一はらくだ牧場の石川さんから、アランというまだら模様の雄らくだを買った。石川さんはアランの太い脚と大きな蹄は、あの悪夢のような礫砂漠をしっかりと踏みしめ歩くことができると保証した。動きの機敏な、どちらかというと扱いにくいらくだのように思われたけれど、甲一はどう接すれば良いかをすっかり心得ていた。らくだ牧場は小さい頃からの遊び場だったし、甲一は何をするにしても要領が良かった。甲一が話しかけながら軽く手綱を引くと、アランはそのとおりに動いた。そうしてとうとう旅立ちの日が来た。早朝だ。コイーバは家で眠っている。

「なあ兄ィ」

北の砂漠に出るには居酒屋の横を抜ける細い道があったけれど、そんなところをらくだが通るわけにはいかない。ぐるりと町の西の端まで歩いて、交易路に出る必要があった。

「俺はさ、よく夢に見たのはさ、旅慣れた兄ィと砂漠を行くことだったんだ。妻も子供もいる兄ィと、そんなことを考えてたんだよ。我ながらさ、悪いこと考えたもんだよ」

「そんなことないさ、俺は嬉しいよ。俺も本当なら、一緒に行きたかった」

これは本音だった。あの身を捨てるような過酷な旅の中で、東京で沁み込んだ水分の半分は揮発した。けれどもそのもう半分が未だクザーノの腹の底にあった。後ろめたさでも後悔でもない、ただ水分としか呼びようのないものが、心の錘《おもり》としてずっとクザーノの中にある。もう一度、もう一度だけ旅ができれば、きっとそれからも解放されるに違いない。そんなことをクザーノも思ったりした。

「妻子持ちはつらいよ」

「でも幸せだろ」

「それはまあ、そうだよ。婿《むこ》養子だから、いろいろあるけどな」

今まさに昇ろうとしている朝日は、クザーノが故郷を出発した朝のように青々としていた。藍色の大通り、アランはギシギシ鳴る荷車を牽《ひ》いた。冷たい風が吹いて、砂を巻き上げた。

「俺はこれから幸せの素を摘みに行くんだ」

クザーノは心から甲一を羨ましく思った。やがて町を出て、北の礫《れき》砂漠が顔を出した。クザーノが渡ってきた砂漠よりもずっとおぞましい。ただ礫だけがどこまでも広がっている。起伏も何もない。サソリすら棲《す》めないような場所に思えた。ゆっくりと陽が昇ってきた。

「じゃあ幸せにな、兄ィ」

「絶対に帰って来いよ」

ふたりはしばし抱き合い、お互いの背中を叩き合った。また風が吹いて、アランがいないた。ふたりの身体が離れると、

「じゃあ」

「ああ」

甲一は敢然と歩き出した。一度も振り返らなかった。クザーノは今更のように、寒さに震えた。家で眠っている妻と子供が恋しくなった。甲一の姿が見えなくなると、クザーノは足早に家に帰った。厨房に入ると、義兄が仕込みをしていた。

「早いね」

クザーノが言うと、義兄ははにかんだ。

「この時間は、実験も兼ねてるから。それに早いのはお互い様です。どこかに用事でも？」

「甲一を送ってきたんだ」

「ああ」

義兄は気遣うような視線を送ってきた。彼は甲一がクザーノの無二の友達だったという

ことをよく知っていた。視線に応えて、クザーノは言った。

「何も死にに行ったわけじゃないんだ。きっと帰ってくるよ」

「そうですね、帰ってきます」

クザーノは仕込みを手伝おうかと言ったけれど、ホールの準備が始まるまで休んでいてくださいと断られた。クザーノは二階に上がって、可愛い妻と子供の寝姿をしばらく眺めてから、また厨房に下りた。そこでミルクコーヒーを淹れて、喫煙席に行き葉巻をふかした。今、この黄色い凹凸ガラスを照らしている朝日を、甲一とアランは浴びているのだ。ぷかりと吐いた煙が、ガラスの色に照らされた。今日から、甲一はいない。甲一、もう行ってしまった、俺の弟分。

何日かして、らくだ牧場の石川さんから連絡があった。カサンドルが妊娠したという。それも、種があのアランらしいというのだ。クザーノは何か運命めいたものを感じた。クザーノはこの喜びに静かに感じ入っていたけれど、コイーバはこのニュースを聞いて飛び跳ねた。

「絶対僕が乗るんだ！　乗って、どこへでも行ってやる！」

母が露骨に不安そうな顔をしたのを、コイーバも気付いていた。母はいつも、コイーバを父から受け継いだであろう冒険心から、引き離そう、引き離そうとするのだ。友達が行って良い場所も、コイーバは行ってはいけない、なんてこともたくさんあった。門限も友達よりずっと早かった。コイーバは好奇心旺盛な子供にありがちな、あの恨《うら》みと愛情とを込めて母を見ていた。恨みは母の鼻先に弾き返され、愛情は懐深く受け止められた。コイーバは冒険心を絵で表現し、母を心配させた。砂漠とらくだの絵ばかり描いた。らくだの横にいるのは、父だったり、甲一だったり、コイーバだったりした。三人で仲良く歩いていることもあった。

一年ちょっと経って、とうとうカサンドルの子供が産まれるということになった。カサンドルが産気づいたというニュースを聞いて、父とコイーバはらくだ牧場に駆けつけた。コイーバが遅れそうになると、父はコイーバを抱え上げて走った。町の子供たちも集まっていた。彼らは雄が産まれるか、雌が産まれるかということで賭けをしていた。

「コイーバはどっちに賭ける?」

「そんなの産まれて来なくちゃ分からないだろ」

子供たちを分け入って、父とコイーバは牧場の中に入っていった。このふたりには、それが許された。それにしても、カサンドルの子供で賭けをするなんて! コイーバは、今だけはあの連中を嫌いになった。でも雄だろうか、雌だろうか。どっちにしたって、きっと僕の相棒になるんだ。でも相棒なら雄の方が良いのかな。いいや、そんなことはない。

お父さんとカサンドルは立派な相棒だったはずじゃないか。ぐももも、とカサンドルの苦しげないななきが聞こえる。

牧場の奥に入ると、カサンドルは大きな身体を横たえて、また苦しげにいないていた。おしりからは、胎盤《たいばん》の中で前脚を動かしている子らくだの頭が飛び出していた。父は石川さんに素早く挨拶をして、カサンドルの様子に見入っていた。

カサンドルは左へ、右へ、寝る向きを変え、本当に苦しげに、大きな脚で空中をひっかいた。地面についた脚を、ずりずりと動かして、砂埃を立てた。また大きな声でいなないた。こんなに大きなカサンドルが、これほど苦しむなんて。子供が産まれるということは分かっているけれど、その出来事が、どんなボリュームを孕《はら》んでいるのか、コイーバには途方もないように思われて、ただ熱心にカサンドルのお尻を見ていた。どれだけの時間が経ったかなんて、分かっているとしたらきっと石川さんだけだっただろう。牧場主だから、出産は見慣れているはずだ。石川さんは出産がどういうものかを知っているのだろう。しかしその営みが何を孕んでいるのかまでも知り尽くしているのだろうか。あるいは何度も経験することで鈍感になることだってあるかもしれない。

石川さんは、父に紙コップのコーヒーを淹れてきた。また事務所に戻って、今度はコイーバに温かいミルクを持ってきてくれた。

「もうすぐだよ。見守ってあげるんだよ」

カサンドルがまた寝返りをうった。半透明の胞衣《えな》の中で、子らくだは弱々しく前脚を動かしている。顔はまだ見えない。ただ、真っ黒な身体をしているのはなんとなく分かった。カサンドルがまた寝返りをうった。またいななく。ぐもももも。途端、子らくだがカサンドルの中から飛び出した。

「産まれた！」

父が声をあげた。

胞衣が破れて、羊水が地面に染み込んだ。真っ黒で固そうにカールした毛むくじゃらの塊、かたちがよく分からない。そこからにゅっと首が出た。ああ、やっぱりらくだだ。

カサンドルは立ち上がって少し足踏みをすると、その真っ黒な子らくだの顔に、愛おしげに鼻先を擦り付けた。子らくだの顔についたゼリーがめくれた。

「雄かな、雌かな？」

興奮気味に、父が尋ねた。

「また後から見よう」

石川さんは冷静に答えた。子らくだはその場で脚を震わせて、なんとか立とうと奮闘している。少し身体が持ち上がったかと思うと、また崩れ落ちた。長い時間、それが続いた。

石川さんはそれを見かねたのか、それともそうする慣習なのかは分からないけれど、子らくだに近づいていって、こぶの両端を掴むと、ぐいっと持ち上げた。子らくだは、棒きれのような細長い脚で地面をなんとか支えて、とうとう立つことができた。

「雌だ」

石川さんが言った。何をするにしても、言うにしても、慣れた調子だった。本当に頼もしかった。カサンドルは、ピンク色の臍《へそ》の緒《お》をぶら下げたまま、けろりとしてそこらを歩き回り始めた。膝裏は、灰色の皮膚に血がついて黒々としていた。

名付け親は父ということになった。父は子らくだにセレストと名付けた。セレスト、きっと僕の相棒になるセレスト。気が付けば、もう太陽は高く昇っていた。父がコーヒーをぐいっと飲むのを見て、コイーバもぬるくなったミルクを飲み干した。そうして空になった紙コップを持ったまま、父子で抱き合った。

「カサンドルがとうとうやった。俺と旅したカサンドルが。どんな気分だ？」

コイーバは、少し考えてから、

「分からない」

正直にそう答えた。

「そうか。父さんにも分からんよ」

コイーバには、世界がおかしなものに見え始めていた。当たり前のことが当たり前ではなかったということを思い知らされた。そんなものを抱えて、人やらくだがどう生きていけるものだろう。カサンドルのあの飄々《ひょうひょう》とした様子はどうだ。しかし、間違いなく僕も、父さんも、石川さんも、あの賭けをしていた友達も、生きている。セレストはくるくるとカールした黒い毛を陽にちらちらと光らせながら、コイーバのいる新しい世界に、両足を踏ん張っていた。小さなこぶのなんて可愛らしいことだろう。カサンドルが、大きな身体を揺らしながら、セレストの方へ戻ってきた。そうして、また鼻先をセレストの顔に押しつけた。セレストはよろけて倒れそうになったけれど、なんとか踏ん張って、母親に頬ずりを返した。

I

反復を重ねるにつれ、時間はただ単純に圧縮されるものだとばかり思っていた。しかし時間というものは、幾重にも襞《ひだ》のように折り重なっていて、それが反復するごとに、しっとりとした新たな面を見せるということが分かってきた。現象は現象として素直に受け止めなければならない。大事なのは何よりも正確を期すということだ。

ラモンの父親は大酒飲みだったけれど、朝になればしゃんとしていたので仕事はできた。何をするにしても豪快《ごうかい》で、ときとして無神経な面を見せたけれど、仕事に関しては細かいところまで目が行くし、また悪い人間ではないので、頼りにされていたし友達は多かった。父の仕事は鉱山の現場監督だった。鉱物学者がこの土地からニッケルが採れることを発見したのはつい最近で、それまで父はバスの運転手をしていて、ホヨーというあだ名で親しまれていた。バスの運転手の前は解体屋の仕事をしていて、ダイナマイトを扱うことができたので、現場監督に抜擢《ばってき》されたのだった。もちろん解体屋の知識と資格だけで鉱山を掘ることはできないから、遠い街から派遣されてきた男とふたりで監督した。正直なところ、資格を持っているホヨーはそこにいるだけで良かったのだ。けれどもホヨーは置物でいることに満足しなかった。おいホヨー、お前が洞穴ん中入っていかなくてもいいだろうに。俺が監督だぞ、何やってるのか分からんことにはどうにもならんだろうが。

地質学者の話では、ニッケルは五〇メートルほど掘ったところにあるという。街の男から聞いた。ホヨーは街の男を質問攻めにして、また街の男も重要なところではしっかり立ち働かなければならなかったけれど、始終忙しいというわけでもなかったので、ホヨーに仕事のことをいろいろ教えた。ホヨーは四十を超えていたけれど、まるで乾いたスポンジみたいに知識をぐんぐん吸収した。

ダイナマイトは地面を揺らして、耳を突き抜け、洞穴から土煙を吐いた。まるで山が咳をしているみたいだった。発破の後は、ツルハシでゆっくりゆっくり、でも着実に前へと進む。その間も後ろでは地下水と泥を掻き出す。休みになると、街の男から仕事の話を聞く。そうして洞穴が五〇メートルに届く頃には、ホヨーは立派な現場監督になっていた。

街の男は毎日、中から運び出される泥を詳しく調べていた。ある日、そこに緑色の石が混じっているのを見つけた。作業中止だ。男がぼそりと言うと、作業やめ！　とホヨーが叫んだ。皆が集まってきた。これがケイニッケル鉱だ、ここからやっと仕事に入れるってもんだぞ。男はそう言って、ホヨーに緑色の石を渡した。ホヨーは緑色の石を日にかざしたり、手の中で転がしてみたりしてから、それを仲間に渡した。緑色の石は次から次へと皆の手に渡った。

ホヨーは家に帰ると、リビングで素っ裸になって、ドロドロに汚れた作業着と下着を妻に渡す。そうしてそのままシャワーを浴びて、紺色のパジャマに袖を通すのだ。ラモンは父のこの豪快さが好きだった。好きだったけれど、真似しようとは思わなかった。

ラモンの母は家庭教師をしていて、いつも背がぴんと伸びていた。シミひとつない白いブラウスを着て、厳格な紺色のスカートを履き、曇りのない眼鏡をかけ、テキストの入った薄い鞄を持って、教育熱心な家へ通うのだ。ラモンは母が教えている友達とテストの点数で競争するのが好きだった。ラモンが勝つか負けるかという、ギリギリのところで勝負ができる、その点数の向こうに、いつも母の背中が見えて愉快《ゆかい》だった。ラモンは父を誇らしく思っていたけれど、母もまた誇りだった。そうして母の仕事は、よりラモンの近くにあったのだ。だからラモンは、豪快な父よりは潔癖《けっぺき》な母に、より強い影響を受けた。

いいかラモン、男ってのはなあ。父は仲間と飲みに行かないときは、いつもリビングでパイプを吹かしながら、スコッチの水割りを飲んだ。作るのはラモンだ。お前の作る水割りがいちばん旨《うま》い、ビールも飲めねえガキんちょの癖によ。そう言うと母はムッとするのだけれど何も言わない。黙って食器を洗っている。でも、背中が怒っている。こればかりは、ラモンの力ではどうしようもない。それはそうと、いいかラモン、男ってのはなあ。父は男とはどうあるべきかという話が好きで、しかし酒飲みのくせに同じ話は殆どせず、バリエーション豊かだった。男ってのはなあ、どっからでも自分の仕事を見つけてくるもんだ、お前の仕事は何だ？　そうだ、勉強だ、たとえば宿題が終わってからでも、どっかに勉強のタネは転がってんだ、道路の石コロひとつにしても、いろんな謎を秘めてる、遊びながらでも、いくらでも勉強はできるんだぞ、そういうもんを逃さねえのが男ってもんだ、頭が良くなる上に目端が利くようになるからな。

ラモンはそういった父の話から、役に立つエッセンスを汲み取って、自分の力にした。

ラモンは父の抜け目のない男らしさと、母の清潔な背中を見て育った。ラモンの鷹揚さを育てたのは母方の祖父だった。祖母は、早くに死んだということだった。ひとり娘を男手ひとつで育てた祖父は、孫のラモンが可愛くて仕方がなかった。いろいろとお菓子や玩具を買い与え、いろんな場所に連れて行ってくれた。それをたびたび母がたしなめるので、ちょうどバランスが取れていたのだろう。その祖父もラモンが十五のときに肝硬変で死んだ。ラモンは母の涙を初めて見たけれど、自分がこんなに泣くのも初めてのことだった。葬式が終わっても、ラモンはずっと部屋で泣いていた。すると父が部屋に入ってきた。父はラモンをベッドに坐るように促し、自分もその隣に坐った。いいかラモン、お前の爺さんは男の中の男だった、俺が惚れ込んだお前の母さんを、ひとりで育てきったんだからな、知恵も力もあったんだ、それは母さんに受け継がれたし、お前にも受け継がれてる、お前の中に爺さんがいるんだ。ラモンは涙を拭って頷いた。これは形見分けで俺がもらったんだけど、お前にやろう、お前が持っていた方が良い、大人になったら、使い方を教えてやる。それは祖父の使っていたパイプだった。

大人になると、ラモンは町役場で働くことになった。ピシッとサイズの合った茶色いチョッキを着て、ラモンは町のあちこちで働いた。ラモンの働きっぷりは評判になった。子供の頃の約束どおり、父からパイプを教わった。これくらい煙草を詰めたら、ぐっと押し込むんだ、押し込みすぎると火がつかねえし、足りねえとすぐ燃えちまう。火が消えたらまたマッチを擦れ。火を点け直すのは恥ずかしいことじゃねえ。人生と同じだ。

ラモンがスマートにパイプが喫えるようになった頃に、父は死んだ。母方の祖父と同じ肝硬変だった。葬式には山ほど人が集まった。老いた祖母が泣きながら訥々《とつとつ》と言った。子供が親より先に死ぬなんてねえ、ほんとはあっちゃいけないんだ、こんな怖ろしい間違いはないんだ、それでもお前はまあ、本当に立派に育ったもんだよ、あの子もきっと悔いが無いだろう、お前がいなけりゃ、私だって悲しみで死んでいたよ。ラモンは人前で泣くようなことはしなかったけれど、ただパイプを喫うと父を思い出すので、しばらく手が出せなかった。

パイプをまた喫えるようになった頃、父を追うように母も死んだ。癌だった。葬式には教え子たちが集まった。お前は知らなかっただろうけれど、お前の母さんはただの家庭教師じゃなかった、俺は先生に、良く生きるための精神を教わったんだ。目を赤くした友人は、そう言ってラモンの肩を叩いた。その精神というものは、果たして俺も教わったものだったのだろうか。ラモンは考えてみたけれど、答は出なかった。

ラモンは大きな家でひとりきりになったけれど、そのうちに結婚相手が見つかった。そうして息子が生まれた。二年後に娘が生まれた。ふたりともすくすくと育ち、何も言うことはなかった。

やがて息子は東京へ行き、そうして失敗をやらかして帰ってきた。ラモンはぶらぶらしている息子を見守るつもりでいたけれど、そろそろ口を出したくなってきた、ちょうどその頃に息子は失踪《しっそう》した。

2

クザーノは砂漠で、死と隣り合わせの旅を続けた。もじゃもじゃと伸びた髭は砂で真っ白になっていた。地図も持たない死の旅は、未知の町に辿り着くことで終わった。クザーノは半分満足し、半分は拍子抜けした。しかしそんな感情も、身体が回復して、髭を剃り落としてから湧いてきたものだったし、それもいつしか忙しい生活の中に溶け込んでいった。クザーノは家族経営のレストラン『蹄鉄亭』でウェイターの仕事に就き、住み込みで働いた。『蹄鉄亭』で働いているのは、家長の宗之さんと、その妻の洋子さん。息子の浩之君に、娘の由実さん。宗之さんは当然料理長で、ときどきホールに顔を出す。奥さんはその逆で、浩之君は厨房専門、由実さんはホールで、看板娘だった。その看板娘が、クザーノの隣の部屋に住んでいる。そういうわけで、生まれたのは息子だった。

息子は友達の多い子で、コイーバと呼ばれて可愛がられた。父は偉大な旅を成し遂げた男として評判だったから、コイーバも父を愛した。また、そんな男の息子だからということで、それなりの振る舞いをしなければと、コイーバは自分に男らしさを課した。弱い子がいじめられていれば、父親譲りの腕力にものをいわせて助けたし、いたずらはともかく卑怯な遊びが流行り始めれば、それを止めた。そんなことをしていれば友達からうっとうしがられそうなものだけれど、そこを上手くやる方法を、コイーバは父の友達の甲一さんから教わった。

「ちょっとだけ悪いことをするのさ。ほんのちょいとだけ。それでいて、友達のためになるような悪いこと」

コイーバは近所で飼われている馬の尻尾から毛を抜いて、それをテグスにして池で釣りをすることを思いついた。その試みはたいへん上手くいった。コイーバはテグスに上手く針をつけて、家にいくらでもある小麦粉を丸めて餌にし、立ち入り禁止の池でフナを釣ってみせた。コイーバはこういったやり方で、友達を繋ぎ止めた。しかしコイーバは母から遠出を禁じられていて、また門限もずいぶん早かったので、友達からは哀《あわ》れまれていた。このためにリーダーにはなれず、頭が良くて力があって面白いやつ、という立場に収まった。リーダーを目指していたわけではないので、それはそれで良かったのだけれど、遠出するときに自分だけ断ったり、遊びの途中で自分だけ家に帰るのは寂しかった。遠出なんて黙って行けば良いようなものだけれど、うっかり大人たちに見られて母に告げられたりしたら大変なことだ。いつも母は穏和だったけれど、コイーバが言いつけを破ったときに限って、まるで人が変わったかのように、鬼のような形相で激しく怒り狂った。あの顔だけは、コイーバが大人になってもずっと覚えていたものだ。コイーバの尻を剝いて力一杯何度も叩き、玩具を壊すことさえあった。その上で、外出を禁じられるのだ。そういうことは何度もあった。コイーバは母を恨みながら窓の外を眺めた。そうして、砂漠とらくだの絵を描いた。クレヨンののったりしたにおいは、コイーバの心を落ち着かせた。らくだの隣にはコイーバがいて、ときどき父がいたり、甲一さんがいたりした。母は決して旅の仲間には入れなかったし、母もそのことを知っていた。

そんなコイーバも、母の絵を描くことがあった。母ひとりだったり、父と一緒にいたり、祖父や祖母、伯父さんと一緒にいたりした。母はそういった絵をお菓子と交換してくれた。絵の何枚かは、両親の部屋に飾られた。

「あんたは、本当に優しい子なんだからね。その優しさを大切にするんだよ」

そう言って母はコイーバを抱きしめた。その柔らかさに、コイーバはあらがうことができなかった。エプロンに染み着いたソースの香り、しっとりとした冷たさ、しばらく抱かれていると、じんわりと沁み通ってくる暖かさ。父とはまた違ったかたちで、やはりコイーバは母が好きだった。

祖父母、両親、伯父さんが、一斉にレストランで立ち働くのを見るのが好きだった。外出を禁じられているとき、コイーバは二階の自分の部屋で絵を描くか、レストランに降りて皆の働きぶりを眺めるかするのだ。いつもゆったりと歩く父が、椅子と椅子の間を縫うように料理を運ぶ。母ももちろん手慣れたもので、大きなお皿を三枚も腕に抱えて狭い隙間を素早く動く。厨房に伝票を通して料理名を符丁《ふちょう》で叫び、はいよ！　と祖父の声が返ってくる。伯父さんはあまり大きな声を出さないけれど、厨房を覗けば手元が焼けるほど熱心に包丁を動かしているのは伯父さんだ。フライヤーにビフカツやら野菜やらを放り込んで、揚がるまでにもうサラダやら小鉢やらをいくつも仕上げている。祖父ももちろん負けてはいない。伯父さんと息ぴったりに料理を盛って、ときどきホールに出た。汚れたエプロンは大きな腹に持ち上げられていて、狭い隙間をすいすい歩けるのがコイーバには不思議でならなかった。

コイーバは仕事の邪魔をしないようよく注意されたけれど、そのうちに持ち前の要領の良さで、邪魔にならない立ち振る舞いを覚えた。そうすると、コイーバは客たちに可愛がられた。

「ようコイーバ、何をうろうろしてんだお前はよう。ウィスキーのコネチカット割り、もう一杯頼むぜ、なあおい」

酔った客が、そんなことを言ってがしがしとコイーバの頭を撫でた。コイーバは父か母に注文を伝える。そんな瞬間は、自分も家族の一員になって働いているような高揚感を覚えた。

そうは言っても、やっぱり外にいるのがいちばん楽しい。定休日には父がいろんなところに連れ出してくれた。外出禁止のときも、父や甲一さんと出かけるのは許されていた。父は外で旅の話をいっぱい聞かせてくれた。家の中では母が嫌がるからできない話だ。北の砂漠を眺めながら、お腹の中に溜まった水の話を聞いたときには、自分の中にも水が溜まっているのではないかと考えたりした。僕はお父さんの子供だから、お父さんが抱えているものは、きっと僕の中にもあるに違いない。コイーバはいつも旅を夢見た。甲一さんの話も、それを助長した。

「兄ィはさ、お前の父ちゃんは本当にすごい人だよ。砂漠の中のひとり旅がどんなに孤独か考えたことがあるかい？　それを成し遂げたんだ。俺も兄ィみたいに何かやってみたいもんさ」

甲一さんは何をやっているのかよく分からない人だったけれど、そんなことはコイーバにはどうでもいいことだ。旅、旅をしなければならない。それが男の生き方だ。甲一さんも、きっと同じように考えているに違いない。

　コイーバが大きくなって、遠出禁止がそれなりに解けてきた頃、伯父さんが結婚した。相手は酒屋のご用聞きだった百合《ゆり》さんという人だ。いつも目をきらきらさせて、はきはきと調子よく働く人で、コイーバは密かにあこがれていた。百合さんが身体を動かす度に、光を放つように見えた。でも伯父さんが相手なら仕方がない。伯父さんは立派な人だ。百合さんの仕事上、伯父さんと顔を合わせることは多かったはずだけれど、どうやって仲良くなったのかはよく分からない。結婚というものはそういうものなのかもしれないとコイーバは思った。

　部屋が足りなくなりそうなので、家を増改築することになった。ちょうど隣のアパートが空き家になっていたので、それを買い取った。改築の間レストランは休みになり、家族は近所のアパートに住まいを移し、ゆったりと時を過ごした。アパートは何故かハチミツの匂いがした。朝昼夜、ご飯を作るのは伯父さんだった。百合さんが、それを手伝った。

「私、こんな家族の一員になれて幸せだよ」

　ふたりで紅茶を飲みながら、百合さんはコイーバにそんなことを言った。酒樽を器用に転がしてくるときのきらきらした様子とは、また違った輝きを放っていた。百合さんとコイーバは、もう家族なのだ。不思議な気持ちで、少しだけ胸が痛んだ。ベランダで父が葉巻を喫っている。その隣には伯父さんがいたけれど、伯父さんは煙草をやらない。何を話しているのかは分からなかった。

　その頃、行商をしていた一家が店を構えるということになって、学校にそこの娘がやってきた。彼女は元気な声で、利恵《りえ》と名乗った。もと行商人の娘らしく、よく日焼けした子で、緑色のワンピースから、すらりとした手足が陽を浴びてつるりと光った。気が強くて活発で、けれども下がり気味の目尻に静かな魅力がある。コイーバはすぐに彼女を好きになった。じっと眺めるだけでいるのは百合さんの件で懲《こ》りているから、すぐに声をかけて、一緒に遊んだ。コイーバは仲間うちで立派な男とされていたから、からかう者はいなかった。むしろコイーバの行動がきっかけになって、学校では恋愛ブームが始まった。いくつものカップルが生まれて、また別れていった。けれどもコイーバと利恵は、いつまでも仲が良かった。コイーバは利恵を自分の部屋に呼んだ。増改築は終わっていたけれど、コイーバの部屋はそのままだ。利恵は飛行機模様の壁紙をからかって、コイーバはむすっとした。こんなことなら、増改築のときについでに壁紙を変えてもらうよう頼んでおくべきだった。

　ふたりの関係は青年期に入っても続いた。ふたりは飛行機に見守られながら愛し合ったけれど、妊娠だけはしないようにと、そこだけは冷静に対処した。コイーバは自分の子供が生まれるということを考えると、そら恐ろしい気がした。

「兄ィはもう、妻も子供もいるからな。そうなると男は冒険できないもんなんだ」

甲一さんのこの言葉を思い出した。子供のいる男は、永久に冒険を封じられる。

「ねえコイーバ。私たち将来結婚したらさ、どっちのお店で働くんだろうね」

利恵はそんなことを言った。『蹄鉄亭』を増改築したとき、一階はレストランと厨房に決まっているという祖父の強い意向から、厨房は一・五倍ほどになり、ホールは席が十五も増えた。

「ウチじゃないかな。何せ広くなったから。人を雇おうかって話も出てるんだ」

「ウチだって人を雇ってるのよ」

「じゃあ、その人を辞めさせるのかい？」

「それは……」

「いや、こんな話はやめよう。先の状況なんて分かんないんだから」

コイーバはそう言いながら、自分が『蹄鉄亭』に自然に収まると考えていることに驚いた。冒険は、俺の冒険は、一体俺の人生のどこに収まるんだ？　コイーバは利恵の顔を見た。幼い頃に下がり気味の目尻から放たれていた魅力は、もう色気と呼んで充分なものになっていた。

「先のことなんて分からないからさ」

「そうね。先のことなんて分からない」

彼女の思う〈先〉と、自分の考えている〈先〉は、きっと違うものだとコイーバは思った。俺の〈先〉は、彼女の〈先〉よりずっと揺らいでいて不確定だ。彼女はそれを知らないし、知られてはいけない。

3

甲一さんが、北の砂漠に旅立った。アランという名のらくだを連れて。コネチカットを酒に変える、不思議な花を探しに行くのだと言っていた。

「ちゃんと帰ってくるからさ、そんな顔するなよ。こっちが不安になっちまうよ。利恵ちゃんと仲良くな」

そう言って甲一さんは、コイーバの頭を撫でた。コイーバは黙って見送ることしかできなかった。甲一さんは独り身だ。だから何でもできるんだ。コイーバは隣にいる利恵の横顔を見た。その横顔は、今まで見たことのない魅力を放っていた。旅人の向かうその先までも見通すような、透徹した瞳。膨らんだ涙袋。きゅっと結ばれたくちびる。利恵は行商人の娘だった。幼い頃に、一体いくつの別れを経験したのだろう。そうしてその別れの度に、こんな表情で誰かを見つめたのだろうか。コイーバは利恵の手をぎゅっと握った。利恵も同じだけの力で、コイーバの手を握り返してきた。

それから何週間か経って『蹄鉄亭』の定休日。コイーバは学校から帰って、部屋でしばらく物思いにふけっていた。いなくなった甲一さんのことであったり、また利恵のことを考えた。彼らは交互に、また一緒になって現われた。彼らは呼ぶ。コイーバ、コイーバ。

約束した時間になると一階に降り、エプロンを着けて厨房に入った。待っているのは伯父さんだ。伯父さんは身体の細い人で、頭を五分刈りにしてシェフ帽を被っているから、マッチ棒が動いているみたいにも見える。厨房は静かで、フライヤーで何かを揚げている、本当に小さな音だけが響いていた。それと、足音。

ホールと違って色のない、高いところについた凹凸ガラスには、西日が差していた。それらが厨房のあらゆるものを照らしたり、影に落とし込んだりしていた。光の中には、壁に掛かったいくつものアルミ鍋。出汁をとるための大鍋。いくつものレードル。台の上に立てかけられた分厚いまな板、包丁立てに並ぶ柄。洗い場の洗いかご。影の中には、棚の下に並ぶ大きな中華鍋。水切りのザル。積み重ねられた何種類もの白い皿。使い込まれた黒いステーキ皿。

「やあコイーバ、ちょっと待ってね」

伯父さんはしばらく待って、フライヤーからシシトウをザルで引き上げた。

「君にも試食してもらおう。それぞれ、下茹での時間が違うんだ」

そう言って、小さなシシトウを包丁で半分に切った。シシトウは、皮の浮き具合がそれぞれ違った。コイーバは三つのシシトウを食べ比べた。甘くて、苦くて、ふわりと青くさい。それが三つ、それぞれ味わいが違った。

「これがいちばん甘いかな。これは少し苦く感じた。これはその中間」

「同意見だよ」

伯父さんの表情は、いつでも柔らかい。

「問題は客が甘みを欲しがるか苦みを欲しがるかということだ」

最近は祖父もようやく、伯父に一目置き始めていて、伯父が提示した方針が通ることもたびたびあった。コイーバは甲一と同じくらいに、伯父を尊敬していた。この頃は、父への尊敬は薄れかかっている。父親を尊敬し続けるには、コイーバは成長し過ぎていたし、また、幼すぎた。

「真っ先に添え物に手をつけるなら甘い方が良いし、ステーキを食べてる最中なんかに口に入れるなら、多少刺激があった方が良い。君の父さんや母さんならずっとホールにいるから、知っているんだろうか。いや、さすがに客の食べる順番までは見てないか」

コイーバは父のことを思い浮かべた。最近は口髭なんか生やして、それを毎朝きれいに切りそろえて、笑顔でホールをくるくる回っている。睫毛が女みたいに長いからそれがいやに映えて、本人もそれを自覚しているのがはっきり分かる。あの年になって、まだ女にもてるのが嬉しいのだ。別に客に色目を使うわけでもないけれど、コイーバは仕事の手伝い中、父の手の甲に客の女の手がこっそりと置かれるのを見たことがある。そして父が笑顔でそれをそっと振り払うのを。その手慣れたことといったらなかった。女に惚《ほ》れられてそれを振るのが嬉しいのだ。母は父が男前で、浮気もしないから何も言わない。抱きしめられるたびにほっとしているだけだ。父のあり方が不潔だと思った。既婚者が、あんなにきれいに髪を撫でつける必要がどこにあるというのだろうか。伯父さんみたいにさっぱりと刈《か》ってしまえば良いのだ。そうすればいやらしい女に手を触られたりしないで済む。

「父さんはそこまで見てないよ」

「そりゃあ、そうだね。忙しいだろうから」

そう言って、伯父さんは柔らかく笑った。

「まあ、こんな実験も、まじめにやるほどのことじゃないんだ。ちょっとした暇つぶしさ。

新しいメニューを考える方がずっと店のためになるんだけれど、たまにこういうことをやりたくなる」

「伯父さんは誠実だよ」

百合さんが、伯父さんを選んだ理由がよく分かる。百合さんは男を見る目を持っていたのだ。

「誠実か」

伯父さんが空になった皿に手を伸ばしかけたので、コイーバは急いで皿を手にとって洗い場に向かった。皿を洗っていると、後ろで伯父さんが言った。

「誠実じゃないとやってられない商売だよ」

コイーバは伯父さんが好きになった。それと共に、甲一さんのイメージが遠く薄れていった。冒険だ、冒険だと、ずっと考えて生きてきた。けれども伯父さんのような生き方こそ、本当の、正しい生き方というものじゃないだろうか。確かに父は冒険をやり遂げた。その結果があれだ。気取った伊達男に過ぎない。父に誠実さなんて微塵《みじん》もない。ただ流れ者が居着いただけだ。誰も訊かないけれど、きっと父にも家族があっただろうし、友人もいただろう。冒険に出るということは、それらを全部捨てるということだ。利恵を捨てることが、母を捨てることが、俺の望みだったのか。甲一さんに家族はいないけれど、友達を捨て、俺を捨てた。帰ってくるとは言っていたけれど、実際のところコネチカット酒かなんだというのだろう。少なくとも命を賭けることではない。

「俺、伯父さんみたいに働きたいよ」

長い時間をかけて皿を洗い終えると、コイーバは言った。

「ここで働きたい」

「料理に興味があるのかい」

「伯父さんの生き方に興味がある」

「僕の生き方、か」

伯父さんは明かりの差している凹凸ガラスに目をやった。窓よりもずっと遠くを眺めているような目で。伯父さんの個人的な実験中だから、厨房の明かりは半分しか点けていない。窓の明かりは厨房のそこここに黒い影を作っていた。

「つまらんもんだよ。毎日料理を作るだけ。実験は楽しいけどね。君は若いんだから、もっと冒険することを考えないと」

「冒険なんて、軽薄です」

伯父さんは、驚いた様子だった。

「彼の息子とは思えない言葉だ」

伯父さんはそこいらを歩き回りながら、もう少し考えて言った。

「よし、じゃあときどき厨房に入れるようにお爺さんや君の父さん母さんと相談してみよう。でも毎日というわけにはいかないよ。学生の本分は勉強だからね」

「ありがとう！」

コイーバは伯父の柔らかい手を握った。この地に足を着けて生きることの第一歩だと思った。伯父の提案に、祖父も両親もあっさりと承諾《しょうだく》した。コイーバは何を目指して成長しているのか、分からないようなところがあったから、両親としてはむしろほっとしていた。祖父はただ孫をしごけるのが嬉しくてならない。といって、どやしつけるようなことはほとんどなくて、ただ金管楽器みたいな良い声で、あれやこれやと指示を飛ばすのだ。

最初は皿洗いばかりしていて、毎日エプロンをずぶ濡れにした。コイーバは父の言っていた、腹の中の水分というものを思わずにはいられなかった。それでも仕事が終わって風呂に入り、よく身体を拭き、パジャマを着てベッドに倒れ込めば、心地よい乾きが待っている。身体にどう水分が残るというのだろう。それも、十何年も引きずる水分が。コイーバが遺伝の恐れすら感じている腹の中の水分というものが、どんなことがあれば残り得るのだろう。

そのうちにコイーバはフライヤーを担当するようになった。ちくちくと飛んでくる油にもなれた頃には、揚げ物に包丁を入れることを教わった。出してこいと言われた皿をホールに面した台に載せるとき、ときどき父と目があった。父はあの爽やかな笑顔で微笑みかけてきたけれど、コイーバはうんと頷くだけだった。成長を見守られているというのが、どうも腹が立ってならない。その半面、祖父母や伯父さんに褒められるのは嬉しかった。

「若い頃のお祖父さんみたいよ」

祖母はホールから厨房を見上げて笑った。コイーバは嬉しくてむず痒くなった。

学校が休みの日は仕込みも手伝った。ロースをぴったり二五〇グラムに切ることを覚え、半分凍った肉を、鋳鉄製《ちゅうてつせい》のどっしりした、凶悪な刃を回転させる電動ミートテンダーに放り込んで、その筋を切る。ヒレは五〇グラムに切って、ミートハンマーで、でんでんと叩いた。

ときにはひとりで作業することもあって、そのときは厨房に映る光と影が、奇妙なノスタルジーをコイーバに感じさせた。それは小さな頃にこっそり静かな厨房に忍び込んだ、その光景を覚えているからなのか、それともこの光景そのものがノスタルジーを内包しているのか、区別がつかない。ノスタルジーがすべて過去に結びついたものでないことを察するくらいには、コイーバは敏感な青年だった。

料理をさっとひと皿仕上げることができるようになった頃、コイーバは学校を卒業した。

すぐに利恵にプロポーズして、当たり前のようにＯＫをもらい、すぐに結婚した。増築した部屋はまだまだ余っていたので、コイーバは飛行機の壁紙がまだ貼ってある小さな部屋から、アパートだった側の大きな部屋に引っ越して、そこを夫婦の部屋にした。父が精力的に手伝ってくれて、ベッドの都合など、いろいろと手配してくれた。新しい環境を作るのが異様に得意な人なのだ。コイーバは密かに不満を感じていたけれど、利恵は喜んでいるので何も言わなかったし、態度にも出さないようにした。ミルク色の新しい夫婦の部屋ができあがり、二年半が経つと男の子が生まれた。

I

時間の圧縮が進むにつれ、風景が押し出されつつあるのを感じる。風景がなくては、人々の生きる香りもとんでしまう。どれだけ押し潰されようとも、風景はそれに対抗しなくてはならない。圧縮にはそれに抗う力が必要だ。

ホヨーは実に扱いづらい子供だった。その場で何か言いつければ言うことをちゃんと聞く。乱暴だということもない。しかし誰かと遊んでいたかと思うと、急にひとりいなくなってしまって、大人が大勢で夜まで探し回った結果、スクラップ置き場の陰で、金物やら紐《ひも》やらで玩具を作っていたりした。

日頃はそんなふうに大人たちを困らせながら、それでも勉強だけはできたものだから、大人たちは皆ホヨーを、世間をからかって遊んでいるものと決めつけてしまった。けれどもホヨーはどこか不思議な愛嬌のある子供だったから、学校の先生以外には嫌われずに済んだ。学校の先生だって、担任を外れれば、急にホヨーを可愛がりだしたりした。要するに、手には負えないけれど、端から見ていて、たまに可愛がる分にはちょうど良い子供だったのだ。

ホヨーには悪友ばかりができた。ホヨーの好き勝手な振る舞いを、彼らは大胆な悪戯《いたずら》だと思ったし、ホヨーもまた、悪友の意思を持った悪戯に興味を抱いた。トイレットペーパーをロールごと水に浸して、二階から投げて破裂させて遊んだ。学校の立ち入り禁止の場所はことごとく制覇《せいは》したし、誰からも忘れられていた教室に、どこから持ってきたのか畳を敷いて秘密基地にした。

そんなことをして成長するうちに、悪戯っ子は不良と名前が変わってくる。ホヨーは友達と煙草を吸い始めたけれど、シンナーだけはやらなかった。ホヨーは自分の頭脳に自信を持っていて、それに悪影響を及ぼしそうなものはできる限り避けていた。ホヨーはそんな不良だった。

ある日のこと、学校の廊下を歩いていると、眼鏡をかけた女子にすれ違いざまに、くさいわ、とひとこと言い捨てられた。何がくさいんだよ。何がって、煙草の臭い。煙草を喫ってる大人はいっぱいいるだろ、そいつらにもいちいちくさいって言って回ってるのか？あれは大人のにおいよ、学生から煙草の臭いがするからくさいのよ。じゃあ俺が大人になっていくら煙草を喫おうが文句は言わないんだな？　それは個人の自由だから、ご勝手にどうぞ。

彼女の名前は昌子《しょうこ》といった。牧師のひとり娘だ。ホヨーは昌子が好きになった。先のツンとしたプライドの高そうな鼻よりも、眼鏡の奥で細く切れ上がったような目よりも、その佇まいと態度が好きになった。ホヨーは教会に通い始めた。そもそも悪戯仲間が不良になったから、一緒にそう振る舞っていただけで、不良らしくあることに対してこだわりはなかった。両親はそれほど信心深いたちではなかったので、ひとりずんずんと礼拝堂に入っていった。老人たちは驚いてホヨーを見たけれど、何も言わなかった。席の中には昌子の姿もあった。ホヨーはあえて離れたところに坐った。ようホヨー、煙草やめたのか。意外な人に声をかけられた。甲一さんという人で、何をやっているのか分からないけれど、昼間っからうろうろしている人で、不良に人気があった。といって、本人は何を悪いことをするでもない。そうだよ、やめたよ。なんでまた。くさいからだよ、でも大人になったらまたやるつもり。大人になってからくさくなるのはいいのか？　それは大人のにおいだから良いんだとさ。甲一さんは、それが誰の言葉かまでは訊かなかった。そういうところに人気がある。

牧師先生の話は、面白かった。イエス様が故郷で受け入れられなかったという話だったけれど、それがどういうわけかホヨーの胸に深く残った。俺がどこかに行って、偉くなって戻ってきても、俺はやっぱり俺なんだろうな。そんなことを思った。

煙草をやめて教会に通い始めると、不良仲間からは距離を置かれるようになった。ホヨーは体格も良くて力もあったから、仲間と違う行動を取ったからといって喧嘩を売られることはなかった。ただ仲間の態度は露骨に白々しくなった。ホヨーさんは真面目でいらっしゃるからな。そういう言い方すんのか。ホヨーが凄《すご》むと、かつての仲間は怯《ひる》んだ。こんなものかと思った。それなら俺もお前らに執着なんかねえよと、自然と友情は破綻《はたん》した。ホヨーは持ち前の愛嬌で、すぐに他の友達の輪に溶け込んだ。

ある日、また昌子と廊下で会うことがあった。ホヨーは思い切って話しかけた。もうくさかねえだろ。ええ、そうね。そう言って昌子は笑った。ホヨーは昌子が笑うところを初めて見た。クラスメイトたちと話をするところは何度も見たことがあるけれど、昌子はいつも取り澄ました表情をして笑わなかった。それでいて嫌われないのは何故だろうとホヨーは考えてみたりしていた。その昌子が笑った。何が面白えんだよ。いや、だって、と昌子は口元を隠してくつくつと笑った。そこまで真面目にならなくても良いのにと思って。笑うなよ、真面目になってるつもりもねえよ。そこで昌子は身体を震わせて笑うのをやめた。口元に笑みを残して、私のせい？　とひとこと訊いた。ホヨーは顔が熱くなるのを感じて、どうにかしようと目を見開いたり俯いたりしてみたけれど、どうにもならなかった。仕方ないから、そうだよ、と返事をしたら、そう、と小さな声が返ってきた。顔を上げると、もう昌子は背中を向けて、立ち去るところだった。お前のせいだよ、ともう一度声をかけようとしたけれど、うまく声が出なかった。

学校の帰り際に甲一さんと会った。ようホヨー。なあ、甲一さん。ホヨーは言った。なんていうか、そのさ、俺、牧師先生の娘に惚れた。甲一さんはホヨーの背中をばんばん叩いた。そうして、小さな声で言った。昌子ちゃん地味だけど可愛いもんな。ふたりでベンチに坐った。錆びた赤い吸い殻入れが置いてあるけれど、ふたりとも煙草はやらない。で、どうしたいの。つきあいたい。そりゃまあ、そうだろうな、そんで、好きって言えたら苦労はないわな。甲一さんは誰か好きになったことあんの？　そりゃあるよ、この歳だもんな。どうなったの？　見りゃわかるだろ、俺は独り身だ、友達はいるけどな。好きな人ができて、その人に好きだって言った？　ああ、言ったよ、言って、しばらくつきあって、けどそれが駄目でさ、別れてそれっきりだ。後悔してる？　いんや、あの娘とつきあって良かったって思ってるよ、別れたのは仕方ないけれど、そりゃそんときはひでえ気持ちになったけど、引きずったけど、でも今思えば、やっぱり好きって言って良かった、どうなろうと、やっぱり言いたいことは言えるうちに言っとくべきだ。分かった、ありがとう。

昌子が図書委員だということは知っていたから、ホヨーは放課後図書館に行った。生徒は五、六人ほどいた。ホヨーはなんとなく手に取った『老人と海』を読んだ。閉館時間になる前に全部読み終えてしまって、これは男らしい話だと思った。サンチャゴの度胸があれば、女の子に好きだということぐらい、なんてことはないはずだ。どんな結果になろうとも関係ない。いまできることをやる。それがサンチャゴだ。残り時間を植物図鑑を眺めて過ごしていると、とうとう最後のひとりが本を借りて図書室を出て行った。若いサンチャゴは立ち上がった。植物図鑑を持って、昌子のいるカウンターまでずんずんと歩いていった。これ貸してくれ。あと、俺お前のこと好きだ。だからつきあってくれたら嬉しい。一気に言い切った。言い切ってから、おそるおそる植物図鑑から顔を上げると、昌子は驚くほど冷たい表情をしていた。その目はホヨーを突き抜けて、もっと遠くを見ているようだった。つきあって、どうしたいの？　昌子は尋ねた。どうって、そりゃあ、彼氏と彼女になるんじゃねえのかな。なってどうするの。どうするって、そりゃ、お互い好きって言うんだよ。そうすると、昌子はなんでもないことのように言った。好きよ。ホヨーは全身の血が透明になって、頭から天井へ昇っていくような感覚を味わった。昌子の頬が真っ白に、くちびるはいやに赤く見えた。……これで満足？　そのくちびるがそう言った。ホヨーは自分の顔が青ざめる音を聞いた気がした。しばらく何も言えなかったけれど、昌子はずっと待ってくれていた。俺のこと好きじゃないのに好きって言ったのかよ。それが目的でしょう、だから叶えてあげたの。昌子の目は冷たかった。ホヨーは海を思い浮かべた。サンチャゴだ、サンチャゴだ、言えることは言えるときに言うのだ。じゃあさ、じゃあ、俺と結婚しろよ。結婚できる歳になって、その準備ができたら言ってちょうだい。そう言って昌子は、カウンターに貸出簿を出した。ホヨーは震える手で、図鑑の名前と自分の名前を書いた。

ホヨーはこの件に関しては何も考えまいと思った。何も考えずにできることをすべてやろうと思い立った。日曜日になると、ホヨーは牧師先生と相談して、次の月に洗礼を受けた。学校を卒業して、父親のつてで解体屋に就職した。頭は悪くないから、仕事を覚えながら必要な資格をどんどん取った。責任ある仕事を任されるようになって、給料も増えた。町に広い空き家があって、そこを借りた。もう充分だ。もうやれることはない。

ホヨーは平日に休みをとって、教会に向かった。住まいの方のチャイムを鳴らすと、牧師先生が出てきた。昌子さん、いらっしゃいますか？　あの子なら買い物に出ているよ。そう言いながら牧師先生は、柔らかな視線をホヨーに向けた。君は本当に良い青年になったね、中に入りなさい。

しばらくして、ただいま、と声がした。靴音。靴を脱ぐ音。紙袋の音。牧師先生はひとこと、おかえり、と言うと、ホヨーの背中を軽く叩いて、自分の部屋に行ってしまった。あら、来てたの。昌子は驚いた様子だった。全部、準備できたから来た、仕事もうまく行ってるし、ふたりで暮らせる家も借りた、だから俺と結婚して欲しい。昌子はテーブルに紙袋を置いた。あのときのこと、まだ覚えていたのね、いい歳になって。昌子は口元を隠してくつくつと笑った。ホヨーは緊張しながらも、学校の図書館での出来事を思い出して少し懐かしくなった。そうね、じゃあ結婚しましょうか。昌子はそう言いながら、紙袋の中身を冷蔵庫にしまい始めた。ホヨーはぽかんとした。そういうわけで、そういうことになった。ホヨーと昌子は教会でささやかな結婚式を挙げた。やった、やった、やったな、とうとうやったなあ。甲一さんは心から結婚を祝福してくれた。ホヨーと昌子は広い家にふたりで住んだ。もう、煙草喫ってもいいよな。ご自由に。ホヨーはすぐに紙巻き煙草を買いに行こうかと思ったけれど、学生時代に戻るような気がして、やめにした。ならどうするかと考えて、牧師先生がパイプを喫っていることを思い出した。ホヨーは煙草屋でパイプと道具一式安いのを買い込んで、牧師先生に喫い方を教わった。二年が経って、息子が生まれた。息子はいつしか、ラモンと呼ばれるようになった。

牧師先生は神と家族の次に酒を愛していた。そのためにラモンが十五のときに肝硬変で死んでしまった。ホヨーもまた、よく酒を飲んだ。酒癖が悪いなんてことはなかったけれど、ラモンが結婚する前に、彼もまた肝硬変で死んでしまった。しばらくすると、母も癌で死んでしまった。ラモンは広い家でひとりパイプをくゆらせた。そのうちに千代という立派な女性を見つけて結婚した。二人の子供に恵まれた。クザーノとあだ名のついた息子は、大きくなると金物屋で働き始め、娘は近くのレストランで働いた。そのうちにクザーノは東京に行くと言い出した。そのまま東京に居着くのかと思うと寂しかったけれど、帰ってきたら帰ってきたで、仕事をすることもなく毎日葉巻を喫ってぼーっと過ごしていた。どうするのか見ていると、ある日突然いなくなってしまった。

2

クザーノは毎日死を覚悟しながら旅を続けた。死は居心地のよい揺りかごであり、良き隣人だった。東京で身体に沁み込んだ水が少しずつ溶け出し、砂漠に消えていった。旅にらくだのカサンドルを巻き込んだことだけが後ろめたかったけれど、旅にらくだはどうしても必要だった。奇跡的に未知の町に着いた頃、クザーノはほとんど干上がって、カサンドルの牽く荷車に転がり込み、気を失っていた。病院に担ぎ込まれて点滴を打たれ、何日か経ってすっかり回復すると、役場の町長の部屋に呼ばれた。町長は『蹄鉄亭』という家族経営のレストランの、ウェイターの仕事を斡旋してくれた。

「料理の味と彼らの人柄は私が保証するよ」

町長の言ったとおり、『蹄鉄亭』で働く家族は、皆すばらしい人たちだった。店主の宗之さんは豪快な人で、しかし心遣いというものを心得ている。奥さんの洋子さんは物腰の柔らかな人で、でも仕事となるとキビキビと動いた。息子の浩之君は心配になるくらい大人しい人だったけれど、料理に向ける情熱は誰にも負けなかった。娘の由実さんは美人で朗らかで、店の看板娘だった。クザーノは接客の経験があったから、仕事にはすぐ慣れた。

クザーノは町では有名人だった。南の砂漠から人が現われたことなど、町ができて以来初めてのことだったからだ。誰もがクザーノを勇気のある若者だと認めてくれたので、この町で友達を見つけるのは難しくはなかった。中でも甲一という青年は、クザーノを兄ィ、兄ィと呼んで慕った。

甲一は、何の仕事をしているのかさっぱり分からなかった。家族もいないということだった。どうやって暮らしを立てているのか、いつもぶらぶらと町を歩いている彼の姿からは想像もつかなかった。訊いてもはぐらかされる。遥か昔、甲一の祖父が遠い町の金鉱で大きな金塊を発見し、その財産が今もあるのだと噂する者もいたけれど、本当のところは結局分からない。しかし友達になるのに、相手がどんな仕事をしているかなんてことは、些事《さじ》に違いない。

ある日、『蹄鉄亭』の定休日、喫茶店で甲一とコーヒーを飲んでいた。通りに面した方には壁がない開放的な店で、ふたりして雑踏を眺めながらぼんやりしていた。不思議と、原色の明るい色の服を着た人が多い。人の出入りの激しい町では、自分を強く主張しないと忘れ去られてしまうのかもしれない。クザーノが着ているきなりの麻のシャツはどうなんだろう。やがて忘れられてしまう服だろうか。クザーノはそんなことを考えていた。隊商がよく通る町だから、嗜好品《しこうひん》はなんでも美味しい。クザーノはコーヒーを飲んで葉巻を喫い、日頃の疲れを煙にしてぽうっと吐き出し、甲一はその煙が昇っていくのを眺めていた。

「由実さん、良い人だよね」

急に甲一がそんなことを言ったので、クザーノは思わず葉巻の煙を肺に吸い込んで、激しく咽《む》せた。

「兄ィ、大丈夫？」

「……急になんだよ」

クザーノは水を飲んで息を整えた。

「いや、由実さん良い人だよねと思って」

甲一はアーモンド型の目を細めて言った。クザーノはまた葉巻をふかしながら答えた。

「そうだな『蹄鉄亭』の看板娘だし、性格もおっとりしてそうだし。甲一、好きなのか」

「いや、そうじゃないよ。兄ィに良い人だなと思ってんだよ俺は」

こんどは咽せなかったけれど、思わずふっと葉巻に息を吹き込んだ。灰の手前が赤く燃えた。

「由実さんは若すぎる。俺じゃ可哀想だ」

「そうかな。俺が十九の女なら、兄ィに飛びつくよ」

「気持ち悪いこと言うなよ」

クザーノが眉根を寄せると、甲一は白い歯を見せて笑った。

「ともかくさ、兄ィが由実さんの隣に並んでもおかしかないと俺は思ってるよ」

「そうかい」

クザーノは長くなった灰を灰皿に押しつけて折りながら、先日由実さんと一緒に買い物に行ったことを思い返していた。小股で歩く由実さんに合わせて、クザーノはゆっくりと歩いた。背が低くて、ちょこちょこと歩くのだ。それでいて忙《せわ》しないという感じがしない。どこかおっとりとしている。

「まあ、考えるよ」

それからしばらく仕事の話なんかをして、クザーノと甲一は別れた。由実さん。ふむ。買い物をしたあの日、忘れていた感覚を取り戻したような気がしたのは確かだ。それを確かめてみるのは、けして悪いことではないのかもしれない。しかしあまり強引なことをしては『蹄鉄亭』を追い出されかねないし、そもそもクザーノはそういうことをするタイプではない。

夜、それもあまり遅くない時間に、クザーノは由実さんの部屋のドアをノックした。由実さんの部屋は隣だった。クザーノはついさっき髭を剃ってきた。こんな時間につるつるした頬を見せて、警戒されないか少し不安だったけれど、夜の髭を青々とさせて部屋を訪れるのもためらわれた。

「どうぞ」

由実さんは椅子に坐っていて、クザーノが入ってくると本に栞《しおり》を挟んだ。クザーノが入ってきたことに驚いた様子はなかった。家族なら「入るぞ」とか何かひとことあるものなのだろう。

「すみません」

クザーノは言った。

「眠れそうになくて、お話でもと思って」

「まだ早い時間ですよ」

「感覚で分かるんです。たぶん今夜、僕は眠れない」

「そうですか」

由実は立ち上がって、壁に立てかけてある折りたたみ椅子を開いて、クザーノに坐るよう促した。低く小さな椅子で、お尻がはみ出た。

「待っててくださいね。ホットミルクを入れてきます」

由実はクザーノに笑顔を見せて、部屋を出ていった。机の上に置かれた本を見ると『フランク・オコナー短篇集』とあった。クザーノの知らない作家だった。部屋の西側は一面本棚で、中にはクザーノの知っている本も、知らない本もあった。O・ヘンリーとか、シャルル＝ルイ・フィリップとか、短篇が好きらしいというのが分かったけれど『モンテ・クリスト伯』のような長篇も三つほどあった。下段には子供のときに買ってもらったのであろう図鑑が並んでいて『植物』と『鳥』の背が特に傷んでいた。机の端にもいくつか本が積んであって、色違いのノートが三冊置かれていた。たぶん日記と読書ノート、もう一冊は仕事用だ。クザーノはそんなことを考えた。それから、真っ赤な目覚まし時計。ピンク色の鉛筆削り。なんだか学生のような机だった。クザーノが坐っている椅子のすぐ隣にある棚には、友達と撮った写真が飾られている。学生時代のものらしかった。

ベッドに目を移すと、目をつむった羊のぬいぐるみが置かれてあった。きれいに洗ってあるようだけれど、毛玉が湧いていて、ずいぶん古いものだということが分かる。このぬいぐるみを見て、クザーノはこの部屋に来たことを少し後ろめたく思い始めた。しかしもう来てしまったのだし、由実さんも大人だ。

ドアがノックされた。

「はい」

「お待たせしました」

クザーノにはテーブルがないので、棚の上にハンカチを敷いて、マグカップを置いてくれた。

「ありがとうございます、頂きます」

クザーノは熱いミルクに息を吹いて冷ましながら、少しずつ飲んだ。由実も自分の椅子に坐って、ミルクを飲んだ。狭い部屋に、ミルクをすする音だけがしていた。

「こういうの、良いですね」

ミルクをひとくち飲んで、クザーノは言葉を続けた。

「小さい頃、眠れないときは自分でホットミルクを作ってひとり飲んでたんです。リビングで」

「寂しくなかった？」

由実さんは子供時代のクザーノに話しかけるように尋ねた。

「暗くて、静かなのがとても心地よかった。いつもの部屋なのに、別の世界に来たみたいで」

「勇気のある子だったんですね」

由実さんは微笑んだ。

「私も、今日はこの部屋が自分の部屋じゃないみたい」

静かなトーンの中に、わずかな媚《こ》びを感じる。きっとわざとではないと思う。コケットリーが全て意図的なものではないということは、クザーノはよく知っているし、そういうものが勝手にこちら側で醸成されてしまうことがあることも、よく知っていた。

「僕がいるから？」

クザーノは棚にマグカップを置いた。

「きっとそう」

由実も、机に自分のマグカップを置いた。

「新しい部屋はどうですか。居心地は？」

「悪くないです。少し緊張するけれど」

「なら、朝までこの部屋が新しかったら、君はどう思うだろう」

クザーノは椅子から少し身を乗り出した。由実は俯いた。髪の隙間から見える耳が、赤くなっているのを見つけて、クザーノはほっとした。やがて、柔らかい声で由実は言った。

「眠れないんですよね？」

「そうです。あなたも一緒に眠れなければ、嬉しいと思ってる」

クザーノは低い椅子に坐ったまま、高いところにある由実さんの頰に手を伸ばした。彼女は拒まなかった。

一度こういうことがあれば、もうためらうことはなかった。クザーノは良く働くから家族に気に入られていたし、クザーノ自身も、もう少し遊んでいたいなんてことは微塵も考えていなかった。若い由実さんはどうだろうと少し不安に思っていたけれど、肩に頰を寄せる由実さんは、眠る羊のような幸せを味わっている様子に見えた。

「南の砂漠からひとり、あなたがやってこなければ、こんなことなかったのよね。不思議な気持ち」

「同じ気持ちだよ。カサンドルが僕を君のところまで運んできてくれたんだ。ふたりの旅だった」

クザーノはベッドの中で、らくだ牧場にいる相棒のことを思った。あいつも良い相手を見つけたりするものだろうか。

「らくだは数に入らないわ。ひとり旅よ」

由実さんはクザーノの肩に、頭をこつんとぶつけた。

「まさからくだに嫉妬してるんじゃないだろうね」

クザーノが言うと、由実さんはくすくすと笑った。

「だってカサンドルは雌らくだだから」

「良いらくだだ。牧場でもきっとモテてるだろうさ」

そのうちに由実さんは子供を身ごもった。家族はみんなだいたいのことは把握していたから、慌てることもなく結婚式の準備をした。式には多くの人が集まり、司会をしたのは甲一だった。野外で行われた結婚式には、カサンドルまで呼ばれていた。カサンドルは金のモールのついた青色の立派な布飾りをつけて、らくだ牧場の石川さんに連れてこられた。

「新郎の長い旅の末、ついに出会った奇跡のような夫婦です。ふたりを結びつけたカサンドルにも祝福を！」

由実さんはおそるおそるカサンドルに緑色のペレットを食べさせた。やわらかいくちびるが手のひらを這《は》うのに、花嫁はくすぐったそうに身を縮めた。

やがて妻は男の子を産んだ。彼はコイーバというあだ名をつけられて可愛がられた。

3

コイーバは幼い頃はとてもよくクザーノに懐いていたけれど、その反動なのか、青年期に入るとクザーノに反発するようになった。反発といっても、クザーノは息子にとやかく何か言うタイプではなかったから、せいぜい返事をおざなりにするくらいのことだった。クザーノはそれも成長だと思って、見守ることにした。クザーノはときおり、自分の腹の中に半分残った東京の水のことを気にしながらも、良い父であり、良い夫であり、良いウェイターであろうと頑張った。店を増築したときに、店内にバーを作ったので、クザーノはそこに入ることが多くなった。町長に紹介された、昔バーで働いていたという老人から、バーテンダーとしての技術を習った。カクテルのこともよく覚えたけれど、客が頼むのはみんなウィスキーのコネチカット割りだった。

「なあ、故郷の酒とこの町の酒、どっちが美味い？」

そんなことを訊いてくる客もいて、

「僕の町にはコネチカットが無かったからね。この町の勝ちだ」

「コネチカットが無いなんてひでぇ町だ。子供は何を飲むんだ？　酒は何で割りゃあいい？　あんた、ここに来て正解だよ」

クザーノは故郷をけなされたところで、大して腹も立たなかった。

そうして、クザーノはよくモテた。伝票を置くときに手の甲を触られたり、皿を下げるときに尻を撫でられるなんてこともあった。振り返って首を振ってみせると、女たちはくすくすと笑った。

そんな瞬間を幼いコイーバに見られたことがあって、クザーノはひやりとした。その日の夜は、自分がいかにお母さんを愛しているかを熱心に説いたものだったけれど、そういう経験が、今のコイーバの反発を招いているのかもしれない、などということも考えたりした。考えてどうなることでもないのだけれど。

妻もクザーノがモテることに不安を覚えた。クザーノは仕事が終わると妻を抱きしめて、

「僕が君ひとりのものだってことを、忘れないでね」

そう言うと、妻はクザーノの腹をドスンと殴った。クザーノはくすくす笑いながら腹を押さえ、そうなると妻も笑う。笑ったままクザーノを睨む。頬を膨らませ、睨んで笑う。

コイーバが青年期に入る頃、クザーノは口髭を伸ばし始めた。

「兄ィはたぶん髭が似合うと思うんだよ」

この甲一の言葉で、気紛れに伸ばしてみようと思った。ある程度伸びると、毎朝きれいにハサミで整えて店に出るようになった。この髭が好評だった。

「見ない間にえらく男前になったじゃない」

「毎日来てくだされば良かったのに。この髭が伸びるところを見られた」

女の客とこんな軽口を叩いたりした。こういうことがコイーバには気に入らない。妻も子供もいる男が髭を伸ばして気取るのは、ある種の裏切りではないかとまで考えた。しかしやはりクザーノはどこかの女に手を出すなんてことは決してしなかった。コイーバはもやもやした。

その点、伯父の浩之さんは素晴らしかった。頭を刈り上げて、仕事一筋で色気も何もなくて、コイーバの初恋の人の百合さんと結婚したけれど、それも当然のことだと観念できた。さっぱりした夫婦だった。コイーバの理想だった。

やがてコイーバは幼なじみの利恵と結婚した。伯父さん夫婦のような、さっぱりした家族を作りたいと思った。利恵は男の子を産んだ。小さな頃から顔の整っていた彼は、ロメオとあだ名されてとても可愛がられた。特に、クザーノがロメオを可愛がることといったらなかった。その頃になるとコイーバもすっかり大人になっていたから、父親から孫を引き離そうなどということは考えなかった。定休日になると、クザーノはロメオと手を繋いでどこへでも連れて行った。ある日は南の砂漠が見えるところにも連れて行き、ベンチでふたり並んで腰を下ろした。

「お爺ちゃんはな、あの向こうから来たんだよ」

「どうして来たの？」

このあまりにも単純な質問に、クザーノはすぐに答えられなかった。

「どうしてかな」

クザーノはしばらく考えてから言った。

「きっとロメオに会いたかったからだよ」

そう言ってクザーノはロメオを抱き上げて、膝の上に坐らせた。

「お爺ちゃんは幸せ者なんだ」

この歳になっても、身体に沁み込んだ水は未だクザーノの心を苛《さいな》んでいた。老齢によるちょっとした体調不良と、ふと訪れる水の重みは、区別がつかないことがあった。

クザーノは幼い頃コイーバを連れて行ったときのように、ロメオをらくだ牧場に連れて行った。三頭の子供を産んだカサンドルは、すっかり老らくだになっていて、干し草の塊を噛んで、振り回してほぐすその動作も緩慢で、歯も短く擦り切れていた。クザーノはカサンドルの身体を丁寧にブラッシングしながら、

「カサンドルが頑張ってくれなかったら、お前もいなかったんだぞ」

とロメオに教えた。

それから喫茶店に連れて行き、ロメオにはコネチカットを、自分は紅茶を頼んだ。孫のいるところで葉巻は喫わないようにしている。葉巻のないときは、コーヒーよりも紅茶が良い。

運ばれてきた紅茶の香りを、クザーノは口髭ごしに味わった。ダージリン特有の、ブドウを思わせる甘い香り。歳も取り、この町にはもうすっかり馴染んだ。それでもこの町の嗜好品の素晴らしさは、それを味わう度に強く感じられた。ひとくち飲む。舌に広がる収《しゅう》斂《れん》味《み》、軽やかな酸味、香りはより強く。ロメオもコネチカットを美味しそうに飲んでいた。あれだって、良い飲み物だ。子供はそのまま飲んで、大人はウィスキーに注ぐ。

「ロメオはどんな大人になりたいのかな」

クザーノは戯れに尋ねてみた。するとロメオはひとこと、

「おじいちゃん」

と答えた。子供らしく媚びるふうでもなくて、笑顔も見せず、当たり前のことのように

ロメオは言った。そもそも、あまり表情の豊かな子ではなかった。けれどもクザーノは心から嬉しくて、胸の奥で熱い花びらが拡がるような気がした。顔がにやけるのを止められないので、それに逆らわずに満面の笑みを見せた。

「そうかそうか」

クザーノはロメオの頭をくしゃくしゃと撫でた。旅について何度も語り聞かせた孫が、自分にあこがれるということが、果たして何を意味しているのかまでは、とても考えが及ばなかった。

ロメオはとても静かな子供だった。計画的に組み立てられた積み木や、飽きずにパズルを最後まで完成させる集中力。図鑑への強い興味。こういったことから、どんな親にもあるように、両親はロメオの将来を期待した。ロメオはひとり遊びが好きだったけれど、友達づきあいも良かった。誰かが何か遊びを思いつくと、そのルールを密かに組み上げ、自然に皆に適応させていくのがロメオだった。

こんなふうにロメオは冷静で社交的だったけれど、その目はときどき誰も見ていないものを見ていた。『蹄鉄亭』の厨房の外にある、フルーツが入っていた木箱の山だったり、飛行機の壁紙のめくれかけた部分だったり、ぶつぶつに緑色の錆びが浮き始めた、手すりの取り付け金具であったり——そういうものはどんな子供でも、ふとした瞬間に心を惹かれるものだけれど、ロメオの見ているものは物体でさえなかった。それは光を取り除いた夕暮れのような、皮膚に感じられない風のような、誰も見ようとはしないし、あるとも思っていないある一群で、幼い心に奇妙に沁み入った。いわば未来へのノスタルジーとでも言えるものだった。ロメオはお絵描きが好きだったけれど、そういったものを絵に表わそうなどということは考えなかったし、可能だとも思っていなかった。ロメオは父の子供時代のスケッチブックを見つけて、それを描き写すのを楽しんだ。ロメオは自分が能動的に遊ぶときは、自分がふとした瞬間に見る何かよりも、具体的なものと戯れるのが好きだった。ロメオは幼いコイーバが描いたらくだを描き写す。らくだといっしょにいるのは必ずおじいちゃんと自分で、三人で歩いている絵のときは父がそこに当てはめられた。

「ロメオ、お昼ご飯だから降りていらっしゃい」

さやかお姉ちゃんが言った。大伯父さんの娘で、ロメオにとってはイトコオバなんて誰も呼ばない関係にあたるのだけれど、ともかく彼女は少し歳の離れた姉のようなものだった。ロメオの家は『蹄鉄亭』だから、朝ご飯は早く、昼ご飯は遅い。その間の空腹は、フルーツを食べることで紛らわせた。

食事は曾お爺ちゃんと曾お婆ちゃん、お爺ちゃんとお婆ちゃん、浩之さん（大伯父）、百合さん（大伯母）、さやかお姉ちゃん、お父さん、お母さん、そしてロメオの十人で、大きなテーブルを囲んで食べた。曾お爺ちゃんと曾お婆ちゃんは最近階段の上り下りが大変になっていて、いつもさやかお姉ちゃんが手伝っている。

今日のお昼ご飯は、半分に切ったハンバーグとビフカツ、レンズ豆のスープ、大盛りのサラダ、そして厚く切ったバゲットにバターが添えられていた。大人たちはパン粉の粗さとか、合い挽き肉の割合なんかについて議論していたけれど、ロメオにはよく分からないし、そういう話に入っていってはいけないことになっている。ロメオは食事中にも、自分だけが見る何かを見ることがあった。それは舌に残るハンバーグの脂と溶け合って、がやがやする大人たちの会話も巻き込んで、テーブルを覆うような大きな無色の渦になった。何を巻き込むこともない渦。ただ存在するだけの――。

「お手々が止まってるよ。お口も開いてる」

隣に坐ったさやかお姉ちゃんが、こっそりと教えてくれる。渦は何事もなかったかのように消えて、いつもの世界が再び色を帯び始めた。

「ロメオは賢いけれど、ときどきぼうっとするのね」

さやかお姉ちゃんは笑った。ロメオはさやかお姉ちゃんが切ってくれたビフカツを、口に放り込んだ。さくりと音がして、特製ソースの味がして、その後からお肉の美味しい味が沁み込んでくる。もぐもぐ噛むと、それらが混じり合う。作ったのはお父さんだ。前に浩之さんから、世界でいちばん料理が上手いのはお父さんだと教えてもらった。世界でいちばんおいしいビフカツを食べているというのは、なんだか不思議な感じがした。きっと世界中に『蹄鉄亭』のようなレストランがあって、お昼どきが過ぎると、世界中で食事が始まる。その世界中の会話がいっぺんに身体に飛び込んできた気がして、ロメオは身震いした。世界は恐くて、けれど僕の靴はそこに飛び込んでいける気がする。食事の手が止まったら、またさやかお姉ちゃんに注意される。

食事が終わると、またロメオは部屋に戻って、お絵描きの続きを始めた。ロメオは決して自然から新しい事物を取り出して、それを描こうとは思わなかった。常に題材は父の子供時代のスケッチで、それをそのままできる限り正確に写したり、あるいはコラージュのように組み合わせたりした。たくさんのらくだを、尻尾と轡《くつわ》で電車のように繋げたりした。

おじいちゃんがそれをときどき見に来て、

「その絵のらくだはね、みんなカサンドルなんだよ」

と教えてくれた。おじいちゃんはよくらくだ牧場に連れて行ってくれる。ロメオはらくだ牧場が大好きで、カサンドルも大好きだった。父のスケッチに描かれた抽象的ならくだと、あの巨大なカサンドルは、ロメオの中で緊密な繋がりを持っていた。それは本物のらくだに対する〈らくだ〉という文字に似ているけれど、それよりももっと強い繋がりだった。

父はロメオが寝静まったあと、ロメオのスケッチブックを持って夫婦の寝室に戻った。

「こんなものばかり描いているんだ」

コイーバはため息をついた。

「これだけ絵に集中できる力を持っていながら、俺の子供時代の絵なんか写していたら、才能が台無しになってしまうと思わないか？　それに、旅の風景ばかり描くのは良くない。妙な育ち方をしては困る」

「妙な育ち方って？」

妻が尋ねると、コイーバは眉間を摘まんだ。

「親父みたいになるってことだよ」

「まだお義父さんを嫌ってるの？　立派な方じゃない。仕事はきちんとなさるし、いつも清潔にしていらっしゃるし、ロメオの面倒はみてくれるし、文句なしじゃない」

「そういうことじゃないんだよ」

コイーバは息子のスケッチを眺めながら言った。

「親父はやろうと思えば、何もかも捨てられる人間なんだ。俺たちとは根本的に違うんだよ」

「旅をしてきた人だからそんなこと言うの？　お義父さんが旅をしなければ、あなたもいないし、ロメオもいないのよ」

妻はそう言って、コイーバの首を抱いた。

「旅を悪く言っては駄目。人と人を繋ぐのは旅なんだから」

コイーバは妻がもと行商人の娘だったことを思い出した。

「そうだ、絵の才能が気になるなら、画集でも買ってあげましょうよ。きっといろんな絵を描くようになるわ」

コイーバは妻に言われたとおり、有名な画家の画集を買い与えたけれど、ロメオは大して興味を示さなかった。ロメオはかつてコイーバが描いた、旅するらくだを写し続けた。

I

ある男が、伝道師として町から町を渡り歩いていた。この町に辿り着いて、いろいろ見て回っていると、そこには古いけれど立派に手入れされた教会があった。牧師と話をしようとして門戸を叩くと、中には誰もいなかった。男は誰もいない礼拝堂で、ひとり神に祈った。安い宿を借りて旅の汚れを落とし、散髪屋で髪を切った。

日曜日になると、男はトランクから折《お》り皺《じわ》のついたきれいな服に着替えた。教会に行ってみると、確かにいくらか人は集まっている。みな老人だった。ちょうど待降節《たいこうせつ》で、吊されたリースに蠟燭《ろうそく》が灯るのを見られるはずだったが、説教台の横には花が生けられているだけだった。髭の長い、歳取った男が現われて、聖書の話をしたけれど、それは待降節に関係のない、イエスの四〇日間の断食の話だった。讃美歌も、関係のないものが歌われた。

次の日曜日、また行ってみると今度は口髭をきれいに揃えた別の男が説教台に立って、塩気のない塩は打ち捨てられるという話をした。要するに、無牧の教会だということだ。町の人の話を聞いてみると、歳取った男は町の名士で、今日説教した男は町長だということだった。

とうとうクリスマスが来て、男はいつものように教会に行った。その日はやはりクリスマスらしく、『もろびとこぞりて』や『きよしこの夜』を歌って、説教もイエスの誕生についてだった。子供の劇や絵本の朗読会、料理持ち寄りの愛餐会《あいさんかい》などがあって、クリスマスの集いは守られているようだった。男は町の人に混じって、柔らかく煮込まれた鶏肉を味わった。

その次の日、男は役場に行って町長との面会を求めた。受付の前にある長椅子で少しだけ待っていると、奥の扉が開いて、灰色のチョッキを着た町長が現われた。何か私にご用があるとか。はい、実は町の教会の件なのです。町長は男のスーツ姿を、それもビジネスマンとはほど遠い雰囲気を漂わせる彼を見て、ぴんと来たようだった。どうぞ、立ち話もなんですから奥へ。男は町長室に通された。扉は厚く重たかった。中は甘い煙のにおいがした。部屋はすっきりとしていて、ブラインドのカーテンから昼の陽が差していて、さっきまで喫っていたらしい葉巻の煙に光の筋を描いていた。書きかけの書類に、台に挿された万年筆。青く汚れたブロッター。灰皿には火の消えかけた葉巻。

どうぞおかけください、はい、教会の件と仰いましたね、実はこの町の教会は無牧で、不肖ながら私や聖書を読み込んだ町の人間が説教をしておるのですよ。男は自分が伝道師で、牧師の資格も持っているということを明かした。もし私が必要とされるのであれば、私はこの町に留まりましょう。それはそれはそれは……。町長は両手を組み合わせた。願ってもないことです。この町に牧師先生がいてくだされば、教会もうまく立ち回っていくことでしょう。男は頷いた。教会に住まわせて頂いてよろしいですかな？　ええ、それはもちろん。ただ、長らく使われていないもので、何もかも埃を被っているような状態です。手伝いの女をひとり雇って遣わせます。それはありがたい。

町長は満面の笑みで言った。では早速明日あたりにしましょう、こういうことは早い方が良い、今週の日曜には先生の説教が聞きたいものです。ご期待に応えられるような説教になるかどうかはわかりませんが、できる限りのことをしましょう。

そうして次の日になった。男は朝早く教会の門をくぐり、静かな礼拝堂でひとり神に祈った。ミルク色のカーテンが、強い朝日を浴びて輝いていた。無牧であっても、愛されている教会だと男は感じた。礼拝に来ない若い人も、頼まれれば修繕や片づけを手伝ったりするのだろう。優しい人の住む町だ。だからといって、牧師の仕事は環境に甘えられるものではない。どんな町でも、必ずやるべきことが潜んでいる。

しばらく長椅子に坐って朝のまどろみを感じていると、礼拝堂の扉がノックされた。はい、と返事をすると、エプロンをつけた女が入ってきた。ふくよかで、しかし美しい女だった。小さなくちびるが印象的だった。あなたがお手伝いしてくださる方ですね。そうです、町長さんに仰せつかって来ました。それではよろしくお願いします、早速始めましょうか。

説教台の左にある扉を開いて奥に入ると、牧師の居住スペースがある。ひとつの部屋は儀式のための道具置き場になっていて、大事な日に使うローブがハンガーに掛けられていたり、聖餐式に使う小さなグラスや、クリスマスに使われるはずの十字架の形をした蠟燭立てなんかが埃を被っていた。これは後々、自分が暇を見つけてきれいにしなければならないな、と牧師は思った。

居住区に入ると、棚に本やレコードが残されているだけで、あとはテーブルと椅子のほか何も無かった。全体に分厚く埃が降り積もっていて、蜘蛛が巣を張っていた。牧師が言った。これは掃除のしがいがありそうですね。ええ、私、しっかり頑張りますから。女が笑顔を見せると、頬にえくぼができた。牧師は嬉しくなった。

バケツに水を汲んで、女が持ってきた雑巾《ぞうきん》で片っ端から拭いていき、本にははたきをかけた。居住区は広く作られていたので、朝から晩まで掃除をしても、きれいにするには三日かかった。ふたりが仲良くなるには充分な時間だ。ラジオを買わなくてはいけませんね。牧師が呟くと、私のをお譲りしますよ。そんな、ラジオがないとお困りでしょう。うち、両親が死んで、ひとつ余ってしまっているんです、差し上げます。それは、それはありがたい、ありがたく使わせて頂きます。それからふたり、お祈りをした。

天にまします我らの父よ、今日は神の僕《しもべ》の働きで、神の家が清められました、願わくは彼女に、そしてこの町に祝福が訪れますように。今日の糧が与えられたことを感謝致します。主イエスの御名によって、祈りを捧げます。

牧師は二日かけて町を練り歩き、町のにおいを身に沁み込ませ、夕方から夜にかけて説教の内容を練った。新しい革靴を買い、物置にあったアイロンでスーツの皺を伸ばした。

そうして日曜日になる頃には、彼が新しい牧師であることを町の皆が知っていた。町の人々は物珍しさもあって、年寄りはもちろん若い者も何人か、礼拝堂に集まった。クリスマス礼拝よりも多いかもしれない。司会は町長に任せてある。礼拝の五分前になりました、皆さま心を落ち着けて、心を神に委ねる準備をしましょう。オルガンが鳴り始めた。この町のお決まりの讃美歌はすっかり覚えている。町の人と共に歌い、その人々の顔を眺めた。オルガンが鳴り終えると、町長は開くべき聖書のページを皆に伝えた。牧師はひとつ咳払いをして、説教台に上がった。そうして穏やかな、それでいて良く響く声で話を始めた。彼の説教はいっぷう変わっていた。聞く限り信仰とは何の関係もないようなマクラから話が始まり、信徒は少し戸惑いながらも、牧師の話を聞いて笑った。しかしそんな楽しい話から、気がつくとどうしたわけか、それが神がなぜサウロを選び、その光で視力を奪われたかの話に見事に繋がっていて、牧師は自分の経験談も交えて、深く深く話を掘り下げていき、さっきまで笑っていたご婦人がやがて真剣な顔になり、ついには涙を流し始めるということまであった。町の人々は、牧師にすっかり惚れ込んでしまった。あんな話が聞けるとは思わなかった。大した人が現われたもんだよ。牧師は礼拝後のコーヒータイムにも交わりを持った。柔らかいソファに坐って、町の話をいろいろと聞いたり、逆に町の外の話をしたりした。コーヒーの給仕当番はしっかり決まっていて、牧師が口を出す必要はなかった。

最初に部屋の片づけを手伝ってくれた娘は、ちょくちょく部屋の掃除に来てくれた。名前をほのかと言った。ふっくらしていて、少しばかり目が小さいけれど、睫毛が長く、そこが素朴な魅力として見えた。そうして、小さな美しいくちびるを持っていた。彼女には誰とでも寝るという悪い噂があったけれど、彼女の楚々《そそ》とした振る舞いはそんな不埒《ふらち》なことを感じさせなかったし、また牧師にそんなはしたない噂を真正面から話す人はいなかった。せいぜい匂わすくらいのことはあったかもしれないけれど、牧師はそれを大したことだとは考えなかった。

ある日、ほのかがいつものように掃除に来た。牧師は、掃除が終わったらリビングに来てほしいとほのかに頼み、彼女は頷いた。約束どおりほのかはエプロンを取ってリビングに現われ、牧師は彼女に言うべきことを言った。すると、そのとおりになった。

結婚式の司会は町長が務めた。素朴な式にするつもりだったけれど、多くの人が詰めかけた。あの人の良さそうな牧師が、放埒《ほうらつ》な噂の絶えないほのかと結婚するのだ。おそらく牧師がほのかにうまく丸め込まれたのだと噂するものもいれば、神の教えから遠いところにいるほのかを、牧師は広い心で受け入れたのだと、したり顔で話す者もいた。実際は牧師がほのかに惚れ、ほのかがそれを快く受け入れたというだけの話だったのだけれど、物事はそんなにシンプルに受け取ってはもらえない。

牧師の生活は変わった。家事は殆ど妻がするようになった。妻はくるくるとよく立ち働いて、牧師は神についての勉強と、人々との触れ合いと、説教を練ることに日々を費やすことができた。しかしひとつ問題があって、それは妻が誰とでも寝るという噂が本当だったということだ。夫婦の寝室は別々だった。夜になると、がたりと窓の開く音が聞こえた。妻が涼んでいるのかなと思うと、小さな男の声が聞こえた。妻の声も聞こえた。それから振動が牧師の部屋にまで伝わってきた。盗み聞きするのもはしたないことだと思って、牧師は自分のベッドに戻った。しかし振動とかすかな声は、相変わらず伝わってくる。牧師が眠りについたのは、よっぽど遅くなってからのことだった。

そういうことが週に一度か二度あった。牧師はとうとう妻に尋ねることにした。君は僕ではない誰かと夜を共にしているね。ええ、そうなの。妻はあっさりと答えた。町の人は私が誰とでも寝ると思っているけれど、それは勘違い、私が相手にするのは童貞だけ、清い子たちよ。呆然とする牧師の前で、妻は続けた。私で童貞を捨てることで、彼らは男としての勇気を得るの、私はそのお手伝いをしているのよ、だから淋病にかかることもないし、彼らの子供を授かることもないよう気をつけている。私、あなたの赤ちゃん以外欲しくない。

妻はそう言って、牧師をベッドに誘った。牧師は嫉妬と怒りと、悲しいわだかまりと、多くの困惑とを欲望に変えて、妻にぶつけた。

翌日、牧師はレンガ作りの花壇の形を変えて、青年たちが花を踏まずに妻の部屋の窓まで通れるようにした。これが花のためなのか、青年たちのためなのか、それとも妻のためなのか、分からずにもくもくとスコップで花を移し替え、レンガを積んだ。半日がかりのこの作業は、牧師の魂を清くした。

一年が経って、娘が生まれた。間違いなくあなたの子よ、絶対に、間違いなくね。妻は牧師にそう保証した。牧師は信じる他なかった。娘は昌子と名づけられた。昌子は大きな病気もせずに育った。

ある日、いつものように妻の部屋から物音がしていた。その時間帯、昌子はいつも眠りについている。牧師はそれを神が昌子を穢れから護っているのだと感じていた。しばらくして物音がやむと、牧師はようやく寝付けると思った。しかしその後になって、何かがぶつかるような大きな音がした。きっと少年が窓から出ようとして、足を滑らせるか何かしたのだろう。それより、昌子が起きてきてはいけない。まして妻の部屋に行くようなことがあってはいけない。妻はあんな悪癖を持っているけれども、母としての役目はきちんと果たしていたし、昌子も母に懐いている。目が覚めて不安になれば、母の部屋の扉を開けるのかもしれない。

牧師が急いで娘の部屋に行くと、案の定、昌子は眠たい目をこすっていた。すごい大きい音がしたよ。なんでもないんだ。牧師は娘を強く抱きしめた。なんでもないんだよ、こういうことはときどきあることだからね、不安になったらお父さんの部屋に来なさい、お母さんはお疲れだからね。分かった。牧師はしばらく娘を抱いていた。よし、じゃあ昌子が眠れるまでお父さんがご本を読んであげよう。

次の日の朝、妻は起きてこなかった。牧師は妻の部屋の扉を開ける気にはならなかった。今日はお母さんはおねむみたいだから、お父さんと幼稚園に行こうね。牧師は長くひとりで暮らしてきたから、料理だってできないことはない。彩りの少ない弁当を仕上げると、少し遅れて昌子を幼稚園に連れて行った。先生は驚いた様子で牧師を見たけれど、何も言わなかった。

妻は昼になっても起きてこなかった。とうとう牧師は妻の部屋をノックすることにした。妻の隣に少年が寝ていたとしても、声をかければ急いで窓から出て行くことだろう。どうしたんだ、まだ眠いのか？　返事はなかった。入るぞ、いいか、入るぞ。牧師は少年がいたとして、彼が逃げられるだけの充分な時間を空けた。何の物音もしなかった。牧師はとうとう扉を開いた。掛け布団が地面に落ちていた。妻は素っ裸で仰向けになって、膝を軽く折り曲げたまま固まっていた。牧師は妻の名を呼んだ。返事は無かった。おそるおそる近づいて身体に触れると、冷たかった。身体を調べたけれど、傷跡らしいものはなかった。そうか、とかすれた声で牧師は呟いた。冷たくなった妻の肩に手を当てた。妻は信念をもって少年たちを抱いていた。姦淫《かんいん》には違いない。しかも信念をもっていたが故に、最期の瞬間に改悛《かいしゅん》をしたとは考えづらい。しかし少年たちは妻に救いを感じていたことだろう。それに妻はキリストを心から信じていた。妻の魂はどこへ行くのだろう。最後の少年は、可哀想に。彼は自分が妻を殺したのだと思うのだろうか。それとも不幸な事故に遭遇したのだと自分を納得させるのだろうか。そんなことを考えながらも、牧師はどこか救われたような気がしていた。これで、妻は永遠に自分ひとりのものだ。そんなことを思ってしまった。牧師は妻についてよりも先に、自分について祈った。主よ、私の悪い考えを正してください。妻の魂があなたのみもとにありますように。母を失った昌子の信仰を支えてください。

　長い祈りの後、牧師はタオルを絞ってきて、妻の身体を拭き清めた。腹に冷たいものがかかっていて、そのぬめりをとるのに難儀《なんぎ》した。皮膚を傷つけないよう繰り返し繰り返し拭くことで、そのうちにぬめりはなくなった。それから牧師はゆっくりとパイプをふかし、それから医者を呼んだ。死因は心筋梗塞ということだった。

2

昌子は厳格な少女に育った。自分の生き方よりも、死んだ母の噂が性格に影響を与えたに違いないと牧師は思った。幼い少女には分からないと思って、いやらしい言葉をかける少年は少なくなかった。俺はお前の母ちゃんで童貞捨てたんだぜ。牧師は精一杯の愛を込めて娘を育てた。昌子もそれが分かっていたけれど、どうしても父を全面的に尊敬する気にはなれなかった。自分の妻の放埒を見捨てていた人間のすべてを、どうして受け入れることができるだろう。

ある日学校で不良とすれ違った。煙草くさかった。くさい、と無意識に声に出していた。しまった。不良に絡まれるのはごめんだ、いや、最初に絡んだのは私か。それにしても、どうして父の煙草のにおいと、彼の煙草のにおいは違ったのだろう。そんなことを考えながらやりとりをして、結局大したことにはならずに済んだ。

それからしばらく経って、その不良が、不良をやめてしまったことを知った。煙草をやめ、教会に通うようになった。そうして、ときどき廊下ですれ違うときの彼の態度から、昌子は彼が自分に惚れたことを知った。そのうちに彼のあだ名も知った。ホヨーと呼ばれているらしかった。そしてある日、とうとう好きだと言われた。はぐらかすと、結婚してくれとまで言われた。昌子は自分の結婚ということを考えた。私が姦淫に走ったとき、彼は怒るだろうか。昌子は彼の顔を見た。キリストに倣って生きる父の表情とはまるで違う。自我の塊とも言える顔だった。いちど私を得て、そうして失えば怒り狂う顔だと思った。結婚できる歳になって、その準備ができたら言ってちょうだい。そう言うと彼は、貸出簿に本と自分の名前を書いて図書室を出て行った。昌子はそこで初めて彼の本名を知った。

死んだ母の悪名よりも、生き続けて毎週説教を続ける父の評判の方が、より深く町に浸透していた。昔あんな母がいたことが、仕事の邪魔にはなるまいと思って、昌子は家庭教師をすることにした。立ち振る舞いを父に教え込まれたから、礼儀には自信があった。母親はガキを部屋に呼んで、その娘はガキの部屋に自分から入っていくんだ。そんな悪口を叩く者もいたけれど、そういう人間はたいていい教育すべき子供を持っていなかった。家庭教師の評判は良く、昌子は程良く忙しい日々を送った。

そしてとうとう彼が、ホヨーが家にやってきた。全部、準備できたから来た、仕事もうまく行ってるし、ふたりで暮らせる家も借りた、だから俺と結婚して欲しい。昌子は思わず笑った。私が欲しかったのは執着なのだと思った。それは父が母に持たなかったものだ。父は母よりも神を愛した。父が間違っていたとは言わないけれど、私は父のような夫はいらない。ホヨーの努力は報われた。

昌子はホヨーが借りた大きな家の大きなベッドで、初めて男と繋がった。それがいやらしいことだとは思わなかった。母のやっていたこととこれは、完全に別のことだと、自然に思えた。ホヨーは親切だった。昌子は幸せを感じた。

男の子が生まれ、彼はラモンと呼ばれて可愛がられた。特に牧師はラモンを溺愛《できあい》した。こんなに心から嬉しそうな顔をする父を、昌子は初めて見たような気がした。ラモンを可愛がっているときだけは、父は神に仕える仕事から解放されているように見えた。

ラモンが十五になった頃、牧師が死んだ。昌子は心から悲しみ、自分が抱いていた父への愛に驚いた。老いた町長は久しぶりの葬儀の司会を、戸惑いながらもやり遂げた。彼はこの町に住む、我々すべての父でした、我々は偉大な導き手を喪《うしな》いました、この悲しみを癒《いや》すには、神の御心に従うことしかないのでしょうし、またそれが彼の望みであることを、心から信じるものであります。父の棺《ひつぎ》に花が手向けられ、土がかけられた。昌子は家に帰ると、ホヨーの広い胸板に顔を埋めて泣いた。ラモンは自分の部屋に入り、ひとりで泣いた。

ラモンは大人になると、町役場に勤めた。そのうちに仕事で知り合った千代という女と結婚した。千代はふたりの子供を産んだ。最初は男の子、それから女の子。妹の方は、大きくなると近所のレストランでウェイトレスとして働いた。息子はというと、金物屋に勤めていたのだけれど、ある日突然東京に行ってしまった。そこから帰ってきたと思ったら、今度はどこへとも知らず消えてしまった。ラモンは息子はいつか帰ってくるだろうとぼんやりと思いながら、長い日々を町役場で働き、とうとう町長になった。やるべきことは山ほどあったけれど、その仕事を長く続けることはできなかった。書類の場所を忘れる。会議の約束を忘れる。気がつけば、妙なところにいる。ラモンは自分の認知症を素直に受け入れた。ラモンは娘に世話されながら老後を送った。ラモンは娘の夫に言った。クザーノか、とうとう帰ってきたか、思えばそうだな、短かったのかもな、父さんは、すっかり耄碌《もうろく》してしまったよ。娘婿は黙って、車椅子のラモンの身体をそっと抱いた。ラモンは震える手で、娘婿の背に腕を回した。クザーノ、ああクザーノだ。やがてラモンは喋《しゃべ》ることを忘れた。そうしてものを食べるということも忘れてしまって、いくら口にパン粥《がゆ》を運んでも食べようとしなくなった。ラモンはそのようにして死んだ。

3

若いクザーノは長い砂漠を旅した。微細《びさい》な砂で盛り上がった砂丘は、クザーノのつま先を飲み込んだ。クザーノはらくだのカサンドルと共に、夜の砂漠を歩いた。やがて空が群青色に染まり、東からオレンジ色のグラデーションが持ち上がってくる。冷たかった風に、太陽のにおいがしはじめる。暑い昼になるとカサンドルを休ませ、自分はカサンドルに牽かせている荷車に乗って、青いビニールシートで屋根を作った。クザーノは屋根に向かって手を広げた。荷車の中の、なにもかもが青かった。

「青空だ、これが俺の青空だ」

そう言ってひとりくすくすと笑い、ドライフルーツをしゃぶり、しばらくして眠った。昼が過ぎて、夕方が来る。涼しい風がビニールシートをはためかせる。クザーノは起き出して、青い屋根を片づける。昼間にはあまりの眩しさにかたちを持たない太陽も、今は大きな揺らぐ半円になっていて、目に見える速さで沈んでいく。砂丘の風紋がくっきりした明暗に浮き上がる。東の空には、群青色の丸い地球の影が見え、その中にはもう星が現われ始めている。

旅の中でそういった印象は徐々に薄れていくのかと思われたけれどそんなことはなくて、疲れに朦朧としてくるほど、風景はクザーノに強い印象をもたらした。絶望的な渇きと空腹が、オレンジ色の太陽を赤くした。それすら疲労のまどろみに溶け始めると、夜空は虹色の光を覆い隠す真っ暗な天幕で、そこに針を刺した無数の穴が星々だ。それが一直線にクザーノの心臓まで届いた。クザーノは歩いた。ときおり脚が他人のもののように感じられて、そのときは無心でいられたけれど、ふとした拍子に所有権が帰ってくると、どうしようもない倦怠《けんたい》に襲われた。明け方と夕方が、夜と昼が、強烈な印象を持って混ざり始めた。不毛の砂漠の中から、あらゆる色が現われた。クザーノはそのすべてに偉大なものを見た。突如世界が回転して、クザーノは荷車の中に倒れ伏した。

気がつくとクザーノは人々に囲まれていて、水を飲まされ、リンゴを食べさせられ、担架で診療所に運ばれていた。廊下に掛けられた青い山の絵が印象に残った。数日かけて回復すると、クザーノは身体をきれいに洗い、もじゃもじゃに伸びた髭を剃り落とし、新しい服と靴を買い、町の一員となった。『蹄鉄亭』という家族経営のレストランのウェイターとして働くことになった。そこの看板娘の由実という若い女と結婚して、男の子をもうけた。クザーノは『蹄鉄亭』の家族となった。

息子はコイーバと呼ばれて可愛がられた。コイーバは偉大な旅を成し遂げた父にあこがれて育ったけれど、そんな父のさまざまな欠点があらわになるにつれて、父よりも、堅実な料理人である伯父を尊敬するようになり、伯父のもとで仕事を覚えた。もと行商人で、今は町に立派な店を構えている商人の娘と結婚した。可愛い幼なじみで、利恵といった。利恵は男の子をもうけた。彼はロメオと呼ばれた。

ロメオは大人しいけれども、行動力があり、集中力があり、神経の鋭敏な子供だった。ロメオはあらゆる物の影に、本来見えるはずのないものを見出した。動かない風。照らさない光。温度のないぬくもり。渦。それらはロメオを混乱させることなく、むしろ具体的な世界への明確な足がかりとなった。それはあらゆる物や人の隠れた性質を見抜き、また計画の源泉となった。ロメオは小さい頃から、その世界からありとあらゆるアイディアを引き出し、可能なものはすべて実行した。ときには親をひやひやさせることもあったけれど、ほとんどの計画は誰にも知られることのない些細なものだった。絵の中で、らくだとらくだを繋げてみること。絵の中でらくだのカサンドルと一緒に歩いているおじいちゃんに、自分の意識を重ね合わせてみるということ。灼熱《しゃくねつ》の砂漠、若く頼もしいカサンドル、お爺ちゃん。木箱とシーツでパラシュートを作って二階の窓から落としたときには両親から叱られたけれど、こういう派手な計画は少なかった。

クザーノも歳をとった。足だけは老いさせまいとして、店の定休日はロメオを連れて町中を歩き回った。ときどき休んでは、ロメオに旅の話をした。こういう話を家でやると、コイーバたちが嫌がるから、外でするのだ。ある日は居酒屋の横の小道を抜けて、北の礫砂漠に出た。そこのベンチに坐って、孫に話した。

「おじいちゃんの中にはね、まだうんと昔の水が溜まったままなんだ。どうにかして、これを吐き出したいと今でも思ってる」

ロメオはじいっと祖父の腰のあたりを見つめていた。クザーノは孫が自分の中の水を直接見ているような気がして、背筋が寒くなった。ロメオは祖父の顔に視線を戻した。

「ひいおじいちゃんも膝に水が溜まったって言ってた」

「そうだね」

クザーノは孫を膝に抱え上げた。柔らかい身体は、コイーバの幼い頃を思い出させた。

「ひいおじいちゃんはずいぶんお年だから、大事にしないといけない」

クザーノの義父の宗之さんは、もうずいぶん前から足を悪くしていた。『蹄鉄亭』の仕事はとっくに引退していて、今はクザーノの義兄の浩之君が料理長を務めていた。コイーバがその下で働いている。義母の洋子さんはまだかくしゃくとしているけれど、それでも階段の上り下りがそろそろ大変になってきていた。幸い二階には大きな部屋を作ってあったので、家族の食堂はそこに移された。浩之君の娘、つまりクザーノの姪のさやかと、コイーバとその妻である利恵が、毎日食事を二階へと運んだ。ロメオも大きくなると、それを手伝うようになった。

義父の昔持っていた豪快な気風は、今は動作のゆったりした緩慢さに溶け込んでいた。がたいが大きくて、まだまだ家長という風格があった。

「今日のシチューを作ったのは浩之か？」

「コイーバだよお父さん」

息子が答えると、父は満面の笑みを見せた。

「そうか、よくできている。見事だ、見事だ。『蹄鉄亭』も安泰だ。コイーバはよくやってる。なあ、浩之」

「そう思うよ。最近また腕をあげたんじゃないかな」

「そんな。でもありがとう、頑張るよ」

コイーバは息子や妻の手前、心から喜んでみせることは恥ずかしくてできなかったけれど、それでもこれほど嬉しいことはなかった。長い半生を厨房に捧げてきた祖父と伯父に料理を褒められて、コイーバはより仕事に打ち込もうと思った。

「確かに美味しい。コイーバは良い料理人になったな」

クザーノもすました顔で灰色の口髭の先にシチューをつけて、コイーバを褒めた。

「ありがとう」

父の褒め言葉は、未だに素直に嬉しいとは思えない。第一、父は正式な料理人ではない。本業はウェイターだ。それもあの歳になって、今なお御婦人方にロマンスグレーとかなんとか言われて、もてはやされている。最近ゴミを捨てるときに、偶然アドレスの書かれた紙屑を目にしたけれど、おそらく父宛てのものだろうとコイーバは思っている。父はあれを仕事中に握らされて、そうして平然と捨てたのだ。慣れたものだ。『蹄鉄亭』のクザーノのファンだと言ってはばからない学生のような女もいる。

「あの人は、遠い砂漠を旅してこの町に来たのよ」

旅なんて、軽薄だ。大切なものをあっさりと捨てられる根性が、人をそんなものに駆り立てるのだ。自分は家族が大切だ。『蹄鉄亭』が大切だ。今それを切り捨てて旅に出るなんて、想像するだけで、身体を引き裂かれるような思いがする。自分は祖父のように『蹄鉄亭』に人生を捧《ささ》げるのだ。そんなことを考えている父を、ロメオはじっと見つめていた。

ある日、宗之さんがトイレに入ったきり出てこなくなった。

「宗之さん、宗之さん！」

妻の洋子さんがドアをノックして呼ぶのだけれど、返事がない。店が準備中の時間になると、洋子さんは一階にいる家族を呼んだ。クザーノたちは、洋子さんがしたように、何度も宗之さんを呼んだ。やはり返事がない。

「ドアを破ろう」

いちばん最初に決断したのはクザーノで、ドアの取っ手あたりを何度も蹴って、鍵を壊した。老いたといっても、まだそれくらいの体力はある。ドアを開いてみると、宗之さんはズボンとパンツを下ろし、便座に坐ったまま目をつむって動かなくなっていた。すぐに医者に来てもらった。かつてクザーノを手当した医者の息子だった。彼は懐中電灯で宗之さんの瞳を照らし、その死を確認した。

「亡くなっておられますね」

「運び出さないと」

男たちは、涙を流すには早すぎた。洋子さんと由実の母娘は抱き合い、利恵はロメオを彼の部屋に連れて行った。百合とさやかは場の隅にいて、何かできることはないかと窺《うかが》っていた。医者は手早く宗之さんの尻を拭き清め、トイレの水を流した。宗之さんは担架に乗せられた。男たちは狭く急な階段から、なんとか大きな遺体を運び出した。女たちは担架についていった。それから皆で病院に行った。死因はクモ膜下出血ということだった。『蹄鉄亭』の一階に遺体を置く場所は無いので、宗之さんは霊安室に安置された。ロメオは遺体からわずかに酸《す》いにおいを感じ取った。葬儀は二日後に執《と》り行われた。

教会で花が手向けられ、讃美歌が歌われた。棺が運び出され、墓地の深い穴に下ろされ、土がかけられた。洋子さん、由実、浩之君、百合、さやか、コイーバ、利恵、それに『蹄鉄亭』の常連の客たち、皆涙を流していた。クザーノも目を赤くして、涙が流れる前にハンカチで拭った。牧師が説教をしている。町の憩《いこ》いの場である『蹄鉄亭』を長らく支えてきたこと、素晴らしい家族を作ったこと。彼は必ずや神のみもとに召されるであろうということ。クザーノはこの町に来たときのことを思い出していた。宗之さんはがたいの良い身体で、クザーノをがっしりとハグして受け入れてくれた。宗之さんが『蹄鉄亭』という巨大な家族にクザーノを引き入れた。その彼が、死ぬだけの年月が経ったのだ。クザーノはロメオを見た。ロメオは土の中に消えていく棺を、身じろぎもせずに見つめていた。棺の中にいる宗之さんの、さらにその奥までを見通しているように見えた。

宗之さんが死んだ。そうして俺も、彼のように死ぬのだ。子供や孫に見守られて。ひょっとするとロメオの子供も見られるかもしれないが、そんな保証はない。ときどき脇腹が痛むことがある。水は相変わらず腹の底にわだかまっている。

宗之さんを失って『蹄鉄亭』はしばらく休業になった。それでもいつかは店は開くのだし、人は必ず笑い始める。

「実際、たいした人だったよ宗之さんは。でかい身体で、汚れたエプロンでずかずか店に出てきてよ、美味いか？　なんて聞くんだよ。そんな料理人はもういねえよ」

ある老人は、クザーノにそんな話をした。

「立派な人でした」

「あんたも立派だ。これがあの旅人だもんなあ。あんたが診療所にかつぎ込まれたとき、俺もいたんだよ」

クザーノはわずかな笑みを見せて、皿を片づけてテーブルを立ち去った。

洋子さんはというと、しばらく気が沈んでいたようだけれど、日が経つにつれ、不思議なことに前よりも元気になったような様子だった。近所の仲間がやっている、造花を作るサークルに入って、毎日楽しそうに暮らしている。

ロメオはすくすくと育ち、どんどん社交的になっていった。ロメオは友達を引っ張っていくだけの人望があった。頭も良く体力もあったので、グループのリーダー格になった。ときどき立ち止まってどこか一点を見つめる仕草は、ある種の女の子にとってはとても神秘的に映った。

ロメオは『蹄鉄亭』で自分の小遣いからコーヒー代を払って、勉強をしていた。実家の店内が、不思議といちばん集中できた。その隣の席に、パナマハットを被った老人が現われた。彼は帽子をとり、禿げ上がった頭を撫でた。ウィスキーのコネチカット割りをクザーノに頼むと、ロメオに話しかけた。

「昔は、コネチカットから酒ができたんだ。ホールって花がな……」

ロメオは老人の長い話を、興味深く聞いた。学校の仲間と協力して、この奇妙な話を裏付ける資料を探した。齋藤益軒《さいとうえきけん》という文学者がその時期にこの町を訪れて、お祭り騒ぎを見たという日記を残していた。

〈芳香は良く熟した桃と胡桃《くるみ》に似たり。味は葡萄《ぶどう》とグレイプフルーツの中間である。飲めば口中で忽《たちま》ちにして消え、心地良い酔いの気を残す。次の一杯のためにまた喉が渇く。希代の酒である〉

図書館に行って古い地図を探した。隊商の立ち寄る町だから、古い地図はたとえメモのようなものでもきれいに写し取られて時代別に保管してある。文学者の日記には日付がついていたから、おおよその時期は割り出せる。その時代の地図は見つかった。地図の奥には熱い風が見えた。古い時代の地図だからとても読みづらかったけれど、大人の助けを借りるわけにはいかない。みんなでよくよく読み込むと、間違えてそれらしい所へ行ってしまった、とそれぞれ違う位置から印されているのが分かった。それぞれに描かれた方角の平均値を割り出せば、どこへ向かっていけば良いか分かる。

こんなにわくわくする作業はなかった。ロメオたちは一か月かけてこの町からホールの花畑へ向かう方角を割り出した。しかしこれが確実なものではないことはロメオたちにもよく分かっていた。間違った地図がはじめにあって、それを隊商の人間たちが次々と描き写していったものかもしれないからだ。そうなれば平均値など意味をなさない。それにホールの花畑が簡単に行ける場所なら、コネチカット酒は今も造られ続けていることだろう。

「こうなっちゃったら、自由研究として発表するか」

誰かがそんなことを言い出した。ロメオはそれを制した。

「いいや、大人たちに言っちゃいけない。俺たちは確実に旅に向かってる。実際に行けるんだ」

「旅って、こんな不確実なことじゃ」

「不確実だからこそだよ」

思えばあの老人が店でロメオの隣に坐ったのも、コネチカット酒の話を始めたのも偶然だ。ロメオはそこに渦の中心を見出した。渦は拡がって、ロメオの世界すべてを巻き込んでいった。ロメオの表情と言い振りに、皆は彼の祖父が旅人であったことを思い出した。同時に、旅への強いあこがれが場を支配した。

「さあ、準備にかかるぞ」

らくだ牧場の一角に、祖父がこの町に来たときに使った荷車がまだ置いてあることを、ロメオは知っていた。カサンドルとその娘セレストを見に来たような顔をして、ロメオは荷車の様子を確かめた。鉄枠は表面が錆びているだけで、まだしっかりしている。湿度の少ないこの町なればこそだ。敷いてある布団を干して、タイヤさえ交換すれば、このまま使えるはずだ。

「ちょっとあの荷車に物を置かせてもらってもいいですか？」

ロメオたちは、白い頬髭を生やした石川さんに尋ねた。

「いいとも。これは君のお爺さんのものだからね」

「あと、あの布団を干したいので少しだけ場所を借りても」

「ああいいよ。でも場所には気をつけるんだよ。らくだにおしっこを引っかけられないようにね」

ロメオは荷車に敷いてある布団を、牧場の隅に広げた。すっかりぼろぼろで、柄も分からなくなっている。端を引っ張ると千切れそうだ。それでもクッションにはなる。

仲間たちは食料や道具を買い込んで、次々と荷車に載せた。干し肉、ドライフルーツ。パンは明日の昼に予約した。二〇リットルのボトルを何本も買って、水を入れてみんなで運んだ。店の人たちはみんな驚いた。

「なにするつもりなの、こんなに買って」

「キャンプだよ」

皆で示し合わせて、そういうことにした。

旅にあこがれてせっせと道具を集めていた仲間たちも、旅に行けるのはひとりだけだということがだんだん分かってきた。方角だけで距離が分からないのだから、旅が終わるまで何日かかるか分からない。みんなの小遣いでは、買えるらくだはせいぜい一頭だ。運べる水と食糧の量は限られている。そして、実際に旅に出るのはきっとロメオなのだということが、自然と決まっていった。

ある日、ロメオは父に呼びつけられた。

「ついてこい」

ついにバレたかと思った。誰かが大人に漏らしたのか、石川さんが父に伝えたのか。案の定らくだ牧場には友達と、その親たちが集まっていた。

「いったい何をしでかすつもりでいた？」

「キャンプだよ」

「なら何故親に報告しない？」

「するつもりだった。遅れただけだよ」

「嘘をつくならもっとマシな嘘をつけ！」

コイーバは怒鳴った。

「キャンプに行くなら、何故家に食べ物を集めず、こんなところに隠すんだ！　こんなふうにこそこそ用意する必要はないはずだ。そうか、あの酔っぱらいのホラ吹きじじいの話を真に受けたな。コネチカット酒の話なら俺も聞いたよ。そんなものはない、ホールなんて馬鹿げた花もないんだ！」

コイーバは顔を真っ赤にしてロメオの肩を摑んだ。

「痛いよ」

「お前はおじいちゃんとは違うはずだ。頼むから馬鹿げたことはしないでくれ」

コイーバの剣幕《けんまく》には、他の親も驚いている様子だった。コイーバだけに、すべてが分かっていたのだ。

「お前は勉強ができるだろう。卒業したら遠い町の学校に入れば良い。それもひとつの旅じゃないか」

「それは旅じゃないよお父さん。全然、別のものだ」

コイーバは息子の頰をひっぱたいた。情けなさに涙が出そうだった。父の顔が頭に浮かんだ。きれいに撫でつけられた髪、切り揃えられた口髭。その目は、多少まぶたが下がってきたとは言え、怖ろしいほど息子とよく似ているのだ。幼い息子が、らくだのスケッチをしていたことも思い出した。それも、自分の子供時代の絵を真似てのことだ。何もかもが悔しかった。コイーバはのどの奥から絞り出したような声で言った。

「このがらくたは処分してよろしいですね」

この場でいちばん動揺していたのは、石川さんだった。石川さんはキャップのつばをつまんで言った。

「それはね、こちらとしては問題ないけれど、あなたの父親から預かったものだからね。本人に訊かなくては」

「そんな必要はありません、即刻処分してください」

「そうは言われても、これは約束だからね」

「分かりました。帰るぞ」

コイーバは息子の肩を摑んで、引きずるようにして牧場を後にした。残された子供たちやその親は、小さな声で話をした。ほら、あのお爺さんだから、ねえ。でも立派な人よ。でも、ねえ。数分ほど話をすると、やがて散り散りに帰って行った。石川さんが、ひとり残された。

コイーバは家に帰ると、両親の部屋のドアを激しく叩いた。クザーノが出てくると、コイーバは震える手でらくだ牧場の方角を指さした。

「あの、がらくたを、即刻、処分してもらってくれ！」

「あのがらくたというと、なんだ」

「父さんがこの町に来たときのボロ車だよ！」

「そのことか。突然どうした」

「ロメオが馬鹿なことをしでかすところだった」

コイーバはすっかり混乱していた。子供時代に父にせがんだ旅の話や、その後の軽蔑や、この町で生き続けることを決めた日のこと、息子の絵に対する不安、そうして今回の騒動。すべてごちゃまぜになって、コイーバの全身を震わせていた。

「全部あんたのせいでだ！　全部、全部がだ！」

クザーノは自分の足許をじっと見つめているロメオを見た。

「どうやら、そうらしいな」

クザーノは悲しげな笑みを見せた。それがまたコイーバの癇《かん》に障ったけれど、これ以上怒鳴ってもどうにもならないという分別が、コイーバにもある。

「全部自分で説明するんだ」

コイーバは息子の背を部屋に押し込んで、一階に降りていった。

「おばあちゃんは？」

「友達とお茶を飲みに出かけてるよ」

「じゃあふたりきりで話せるね。ちょっと待ってて」

ロメオは自分の部屋から使い込んだノートを取って戻ってきた。そうして、後ろ手にドアを閉めた。

「計画があったんだよ」

ロメオは部屋の中をずんずん歩いて、祖父の机にノートを広げた。クザーノは首に下げた老眼鏡をかけた。ロメオはページをめくりながらすべてを説明した。コネチカット酒、ホールの花、齋藤益軒、何枚もの地図、割り出した平均値とその方角――。

「明日、パン屋に予約もしてあるんだ」

「今の子たちは、旅をするにも理由が必要なんだな」

クザーノは呟《つぶや》いた。

「昔の人は理由もなしに旅をしたの？」

「どうだろう。お爺ちゃんだけがひとりおかしいのかもしれない。少しこのノートを預かってもいいかい？」

「ううん。あげるよ。もう必要なくなったから」

ロメオの震える声をクザーノは久しぶりに聞いた気がした。ずっと昔、大事にしていた玩具をふたつ続けて無くしたとき以来だ。

「どうして、僕の物だけがみんな消えていくの？」

ロメオはそう言って泣いたものだった。

「…………………」

ノートを閉じてしばらくすると、ロメオはぽろぽろと涙をこぼし始めた。ノートの表紙に涙が落ちた。

「どうして僕は駄目で、おじいちゃんは旅ができるの？」

ロメオは顔を上げて、真っ赤な目でクザーノを見た。

「どうしてお爺ちゃんが良くて、僕じゃ駄目なの？　誰が旅をするのか、誰が決めるの？」

クザーノは孫のまっすぐな視線を受け止めた。

「それはお爺ちゃんにも分からないことだ。ずっと考えてきたけれど、まだ答は出てない」

ロメオは机の上で拳を握りしめた。

「僕が大人じゃないから？　お父さんがお父さんだから？　でもひとりで旅することに大人も子供もないじゃないか、それに僕の人生にお父さんは関係ない！　僕の人生は僕の人生だ！」

「いいかいロメオ」

クザーノは孫の肩に手を置いた。

「お願いだ、お前から人生なんて言葉は聞きたくない。こんなに悲しい言葉はないんだ。

特に若者の口から出るときには」

　肩に置いた手を、優しく揺すった。そうして寝る子に聞かせるように、ゆっくりと話し始めた。

「お爺ちゃんはな、今まで生きてきたすべての風景を、これから生きるすべての風景を、人生なんて言葉でまとめちゃいけないと思ってる。世界はそんなに簡単にできちゃいない」

　町に辿り着いてからこの歳になるまで、あるときは意識的に、あるときは無意識に、少しずつ考えてきたことだった。それをクザーノは初めて言葉にした。

「お爺ちゃんの風景にはな、お婆ちゃんの見た風景も入っているし、父さんが見た風景も、お前の見た風景も入ってる。お爺ちゃんにも父さんや母さん、妹もいた。その父さんにも、父さんがいて、お爺ちゃんがいたんだ。その皆が見た風景が、お爺ちゃんの中には詰まってる。お前にも同じように、お爺ちゃんの見てきた風景が詰まってる。人生なんて言葉はそれを全部忘れることだ」

　長い時間をかけて考えてきたこと、感じてきたことが、孫のために、ひと繋ぎの言葉に編み込まれていく。昔よりは痩せた胸が、暖かかった。

「お爺ちゃんの中は、お爺ちゃんの知ってる大切なこと、知らない大切なことでいっぱいだ。紅茶を飲んだり、葉巻を喫ったりしてるときに思い出すんだよ。見たこともないことを思い出す。誰かの見た風景だ。人生なんていうのは、人間がひとりじめする風景のことだ。でもそんなものは無いし、あっちゃいけない」

　長く考えてきたことだけれど、言葉にすると何かが欠落する。変に〈かたち〉になる。そこまで含めて、何か暖かかった。問いをひらき続けることに疲れてしまったのかもしれないと思った。何かが欠落したにせよ、言葉にすれば一段落つく。ロメオはしばらく俯いていたけれど、やがて顔を上げた。そうして、赤い目でクザーノを見た。

「お爺ちゃんの言ってること、よく分からない」

　クザーノは孫を抱きしめた。ロメオなら、何かが欠落してしまった自分の言葉から、いつか俺たちの領域を導き出すだろう。そう思うと、奇妙なことだけれど、孫の未来が懐かしくなった。

「お前ならいつか分かるさ、ロメオ。覚えておいてくれ。人生なんてものはない。お前の中には、みんなの風景が詰まってる。みんなの中にも、お前の風景がある」

　そう言って、背中を軽く叩いた。しばらくして孫が泣きやむと、部屋に戻るように言った。ロメオが部屋から出ると、クザーノはノートを端から端まで読み込んだ。道具や食糧の購入にいくらかかったかまで書いてある。すっかり肩がこってしまった。

「あなた、今日は何かあったの？」

寝る前に、妻に聞かれた。

「いつもどおりの日だよ」

クザーノはそう答えて、明かりを消した。

次の日、クザーノは銀行からお金を下ろして、らくだ牧場に行った。

「昨日はずいぶん迷惑かけたみたいだね」

「いやあ、そんなことは。ただ、荷車のことを言われてね。どうにかして欲しいそうで」

クザーノは納屋の荷車を見に行った。まだしっかりしていて、タイヤも新しい物に交換されている。道具もすっかり用意されていたけれど、足りないものもあった。しかしそれにはあてがある。

「カサンドルの子供を買いたい。そうだな、セレストが良い。最初の子供だ。それに干し草とペレットを」

「あんたまさか、それはいけない。駄目だ」

「ロメオには売るつもりだったんだろう？」

「子供の遊びだと思ってたよ。らくだも干し草もペレットも、みんな買い戻すつもりだった。でもあんたはそうじゃない、あんたは……」

「いいから、売ってくれ。それが商売だろう」

「きっと恨まれる」

「心配するな。俺の家族は馬鹿じゃない。明日の朝四時だ。干し草とペレットはあの子たちが頼んだ量で良い。積んでおいてくれたらありがたい」

「本当に、いいんだね」

「いくらになる」

クザーノは代金を払った。

「ブラシを貸してくれ」

クザーノは老いたカサンドルのところに行くと、たるんだ皮を丁寧にブラッシングした。

カサンドルはほとんど動かなかった。

「全部お前のおかげだったんだよ。ありがとうな」

カサンドルは遠くを眺めて、反芻していた。クザーノは次にセレストを見つけてブラッシングした。最初はうろうろしようとしていたけれど、張りのある皮を擦ってやると、大人しくされるがままに任せていた。

「明日からだ。明日からだぞ。よろしくな」

クザーノはそう言って、セレストの固いこぶを揺すった。それからブラシを石川さんに返し、らくだ牧場を後にした。帰りに『赤城屋』に寄って、チューボ入りの高い葉巻を二本と、いつもの葉巻を何箱か買った。それからパン屋にも寄った。

「孫が予約していたそうだね」

「ああ、君の店で使うんだろう？」

店主は店の奥から、バゲットが山ほど詰め込まれた紙袋をふたつも出してきた。

「そんなところだよ。お代は？」

「前払いでもらってるよ」

「そうか、ありがとう」

大荷物を抱えて家に着いた。葉巻の箱とバゲットの紙袋を部屋に置くと、大きなバッグを持って物置に行った。ごそごそやっているうちに、コイーバが幼い頃に使っていた玩具箱を見つけた。古い玩具をどけていくと、懐かしい道具が顔を出した。凹んだ小さな薬缶。茶色いヤニの付いたランタン。あの可愛いカサンドルの餌が入っていた革のウェストポーチ。セレーション付きのナイフ。クザーノは道具を全部バッグにまとめると、誰もいない厨房に入り、ひとりナイフを丁寧に研いだ。

きれいになったナイフを拭って鞘に収め、それもバッグに入れると、部屋までそれを持って上がった。葉巻とバゲットもバッグに入れた。家族への手紙を書き、ノートに書いてあった金額を封筒に入れた。ようやく準備ができた。夕食の時間だ。さやかが彼氏を招待してきて、皆で仲良く食事をとった。

「からいな」

クザーノが言った。皆がクザーノを見た。

「コイーバが作ったんだろう。お前はいつも、腹を立てると味付けが濃くなるんだ。まだロメオのことを怒ってるんだな。いい加減許してやってくれないか」

「もう許したよ。明日にはいつもの味付けに戻ってるはずだ」

「そうか、楽しみにしてるよ」

クザーノはそう言って笑った。あとはさやかの彼氏の仕事についての話で盛り上がった。彼は町役場の職に就いていた。

「私の父も町役場で働いていたよ。小さな町だったから、いろんな仕事を掛け持っていた。町中歩き回っていたよ。君はどんな仕事を？」

「私は日がな一日デスクワークですよ。出納係なもので」

「聞いたか？　将来有望だぞ」

クザーノはデスクワーカーは必ず出世するものだと決めてかかっていたし、自分の父が町長になったことも知らなかった。

やがて夜になり、妻とベッドに入った。

「どうしたの、じっと見て」

妻は柔らかな頬を枕に垂らしていた。

「自分の妻がいつもより可愛く見えたんだよ」

「急にどうしたのよ」

クザーノは、妻の皺だらけの頬に指を当てた。

「最初の夜、こうしたもんだった」

「そうだったわね」

妻はクザーノの手に手を重ねた。

「なんで歳とっちゃうのかしらね」

「今の君が見られて幸せだ」

夫婦はしばらく小さな声で会話を続け、そのうちに暖かいまどろみへと溶け込んでいった。

夜明けよりずっと早く、クザーノはそっとベッドを抜け出した。しばらく由実の寝姿を眺めると、バッグを持って一階へ降りた。由実は密かに起きていて、ひとり静かに泣いた。

クザーノは外に出て、静かな通りをひとり歩いた。素晴らしい星空の下で。らくだ牧場に着くと、スーパーハウスの戸を叩いた。

「四時だって言ったじゃないか。今何時だと……」

「年寄りは早起きなんだよ」

「年寄りなら私も一緒だよ。まあ、準備はできてる。すぐ行くのかい」

「まずは一服してからだ。そのために早く来たんだ」

荷車は納屋から出されていて、たっぷりの干し草が積んであった。クザーノはそこに腰を下ろし、チューボから葉巻を取り出した。火をつけて、ひとつ、ふたつ、みっつ、ふかした。カフェオレみたいな口当たり。切ったばかりの杉のような香り。懐かしい香りが身に沁みた。旅立ちの香り。旅の終わりの香り。石川さんが、紙巻き煙草を咥えてやってきた。

「これは私の見立てなんだが」

そう言ってマッチを擦った。暗い牧場が照らされた。

「カサンドルはもう長くないと思う」

石川さんは煙草に火を点けて、煙を吐いた。

「もう、そんな歳なのか」

クザーノの葉巻の灰が落ちた。

「そうだ。だから日を改めないか。もう少し先に。せめてカサンドルを看取《みと》ってから行っても遅くはないんじゃないか。親友だろう」

「今日出て行かない理由は、山ほどあるよ」

クザーノは荷車から降りて、眠るらくだの群の中に入っていった。その中にカサンドルを見つけると、目を細めて煙を吐いた。カサンドルは、長い年月が垂れ落ちたように、うつ伏せで眠っていた。クザーノはカサンドルに触りたくなったけれども、老いの眠りを破りたくはなかった。

「お前は最高だよ」

そう呟いて、しばらく寝顔を眺めてから、クザーノは荷車に戻っていった。それから干し草の上にまた腰を据え、二時間くらいかけて、なんにも考えずにゆったりと葉巻をふかした。やがて空が藍色になってきた。星はまだ瞬いている。クザーノは群の中からセレストを起こして納屋に連れ込み、石川さんに手伝ってもらって、輓具《ばんぐ》でセレストと荷車を繋いだ。クザーノは手綱を引いて、セレストと共に歩き出した。古い荷車が軋《きし》んだ。

「世話になった」

「君の家族になんて言えば」

「行った、とだけ伝えればいいさ。大丈夫、手紙は残してある。ありがとう」

もう少しで町の人々が起き出してくる時間だ。クザーノとセレストはらくだ牧場を出た。町の西の端まで歩いて、交易路に出た。クザーノは礫をひとつ拾い上げた。ちょうど手のひらに握り込めるくらいの大きさだ。この大きさの礫が線路の敷石のように、北の大地一面に、どこまでも平坦に広がっている。砂丘もなければ、キャメル・ソーンの木もない。クザーノとセレストは、礫砂漠に入って行った。硬く厚いブーツを履いてきたのだけれど、正解だった。普通の靴では、すぐに底が抜けてしまうに違いない。礫は足の下でがたがたと揺れて、ともすると足を挫きそうになる。セレストは大きな蹄で力強く礫を踏んだ。

夜が明けてきた。クザーノが生きてきた町を照らす光だ。クザーノはロメオに人生なんて無いと言った。自分のこの新しい旅も、出会ってきた多くの人たちにとって、彼らの風景の一部なのだ。彼らはクザーノを思い出し、クザーノの旅を思うだろう。そのとき、人生などという小さな箱は意味をなさなくなる。そうだ。あの旅のとき、俺は考えたのだった。人の魂はガラス糸のようなものだと。ガラス糸の半直線で、それが神に繋がっているのだと。そんな単純なものではないのだ。魂はもっと複雑に張り巡らされている。父へ、母へ、妹へ、妻へ、コイーバへ、ロメオへ、出会ったすべての人が風景を共有するならば、どうして魂だけが孤独に一本の線を描くことがあるだろうか。私とか、人生、なんて領域はない。魂は無限の網の目だ。

ロメオのノートには〈北西微北3／4西〉と大きく書いてあって、赤い丸でぐるぐると囲まれていた。クザーノは老眼鏡でコンパスを見ながら、書かれてある方角にできるだけ従って歩いた。がたがたと揺れる地面を踏みしめることにも慣れてきた。身体のあちこちが痛んだけれど、耐えられないほどじゃない。旅は長く続く。何もかも若い頃のようにはいかない。すぐに息が切れる。ときどき休みながら、それでも旅は続く。かたちのない太陽が照りつける昼は、セレストを休ませ、自分は荷車に乗り、青いビニールシートで屋根を作って眠る。

「俺の青空だ」

節くれ立った手をビニールシートにかざして、クザーノは呟いた。ドライフルーツが甘い。クザーノはかざした手を額に下ろし、目をつむった。この旅の先に、うんと先にホールとかいう見たこともない白い花畑があるのだ。それを摘むための旅だ。花畑の傍《かたわ》らには小屋なんかがあって、そこで甲一が待っている。兄ィ、とうとう来たね。すっかり待ちくたびれちゃったよ。でも、来たんだね。来るとは思ってたんだけどさあ。そこに咲いてるのがホールだよ。きれいな花だろう。でもよ、ホールはここでしか育たないんだよ。そんでコネチカットはあの町でしか育たない。コネチカット酒は割に合わない酒だったんだ。もう一度町にお祭り騒ぎを起こしたいかい？　それもいいだろうね。けれどもまずは俺たちで楽しもうじゃない。コネチカットは積んできてる？　わあ、こんなにかよ。ふたりで飲みきるのに何日かかるだろうなあ。おっ、これがカサンドルの子供かあ、目元が似てるよ。分かる分かる。さあさっそく酒を造ろう。ボトル下ろすの手伝うよ。こいつにも何か食べさせないとな。なあ兄ィ、裏に草の生えてる水場があるから連れて行っていいかい。ああ、頼むよ、まずは輓具をはずしてやらんと……よし。じゃあセレストを頼む、俺は一服させてくれ。クザーノは荷車に腰掛けると、水を少し飲み、チューボから取り出した葉巻に火を点けた。ひとつ、ふたつ、みっつ喫って。甘い煙の味は、すっかり乾いた腹の底に沁み渡った。

■初出　「文藝」二〇二〇年冬季号

藤原無雨　ふじわら・むう
一九八七年兵庫県姫路市生まれ。埼玉県在住。二〇二〇年、本作で第五七回文藝賞を受賞。マライヤ・ムー名義の共著『裏切られた盗賊、怪盗魔王になって世界を掌握する』がある。

水《みず》と礫《れき》

二〇二〇年一一月二〇日　初版印刷
二〇二〇年一一月三〇日　初版発行

著　者　藤原無雨
装　幀　水戸部功
発行者　小野寺優
発行所　株式会社河出書房新社
〒一五一－〇〇五一
東京都渋谷区千駄ヶ谷二－三二－二
電話　〇三－三四〇四－一二〇一（営業）
　　　〇三－三四〇四－八六一一（編集）
http://www.kawade.co.jp/
組　版　KAWADE DTP WORKS
印　刷　大日本印刷株式会社
製　本　小泉製本株式会社

Printed in Japan
ISBN978-4-309-02930-6

新胡桃

星に帰れよ

16歳の誕生日、深夜の公園で
真柴翔は“モルヒネ”というあだ名のクラスの女子に会い——。
高校生達の傲慢で高潔な言葉が
彼らの生きる速度で飛び交い、突き刺さる。

第57回文藝賞優秀作